QUAND LES FEMMES PARLENT D'AMOUR

Françoise Chandernagor

DE L'ACADÉMIE GONCOURT

QUAND LES FEMMES PARLENT D'AMOUR

Une anthologie de la poésie féminine

Cherche midi

TEXTE INTÉGRAL

ISBN 978-2-7578-9762-1

Avant-propos

« Une anthologie de la poésie féminine de langue française ? Vous n'y pensez pas ! », dis-je à l'éditeur Jean-Yves Clément qui me proposait ce travail. « D'abord je ne suis pas sûre qu'il existe une poésie féminine différente, dans son essence et dans ses formes, de la poésie masculine… Mais surtout, vous le savez comme moi, il n'y a pas de femmes poètes en France ! Ou si peu : on retombe toujours sur les trois ou quatre mêmes – l'inévitable Louise Labé, la non moins évitable Anna de Noailles, deux ou trois rondeaux de Christine de Pisan, deux ou trois élégies de Marceline Desbordes-Valmore, et c'est fini. Fini ! – D'autant, dit l'éditeur en souriant, que je comptais réduire encore le champ de vos recherches : j'aurais voulu ne faire figurer dans ce livre que des poèmes d'amour… – Alors là, oubliez, cher Monsieur, oubliez ! Les femmes, pour ce que j'ai lu d'elles, parlent rarement d'amour dans leurs poèmes : Dieu, les enfants, la Nature, les saisons, la mort, l'exil, la condition humaine, voilà ce dont elles traitent. Mais l'amour, non, quasiment jamais. Pour l'amour, adressez-vous plutôt à leurs confrères masculins : les mâles, eux, sont des sentimentaux ! »

D'ailleurs, comme je l'expliquai à l'éditeur, je n'accepte jamais de me laisser imposer un « sujet », un format, un délai – je ne veux entrer dans aucune *collection*. Et puis, pour savoir quoi écrire, ai-je besoin d'intermédiaire ? Mon imagination est assez vive pour me fournir en « sujets » littéraires variés – tout me tente, tout m'appelle –, et mon plan de travail est bouclé pour les cinq cents prochaines années…

Pourtant, sans rien en dire au commanditaire et pour savoir s'il y avait ou non des poétesses[1] en France, les jours suivants je feuilletai mes anciens livres de classe et ceux de mes enfants, puis quelques-unes des multiples anthologies qui trônent dans ma bibliothèque.

Et voici les résultats.

Pour les manuels scolaires, commençons, à tout seigneur tout honneur, par le célèbre Lagarde et Michard, celui qui traite du XIXe siècle par exemple : Marceline Desbordes-Valmore, qui « inventa » le romantisme avant Lamartine, a droit à deux pages dans la rubrique « Romantiques mineurs », rubrique qu'elle partage avec Maurice de Guérin. Lamartine, lui, ouvre le chapitre des « Grands romantiques » où il dispose de trente-trois pages, soit, si je compte

1. Depuis quelques années ce mot est employé parfois dans un sens péjoratif. Il suggérerait, paraît-il, la vision d'une dame d'âge mûr, coiffée d'un bibi ridicule, trop maquillée, et qui joue des coudes pour parvenir au maigre buffet des cocktails littéraires… Soyons sérieux : le mot *poétesse* n'a rien en soi de ridicule ; joliment patiné par le temps (il date du XVe siècle), il vaut bien le médiocre néologisme d'*écrivaine* que quelques féministes nous ont imposé. C'est pourquoi on trouvera dans ce livre aussi souvent le mot *poétesse* que celui de *femme poète*, même si ce dernier est supposé moins dépréciatif, plus « égalitaire ». Bien à tort : a-t-on jamais dit *homme poète* ?

bien, seize fois plus que Marceline. En nombre de pages et de poèmes cités, notre poétesse se trouve donc ramenée au rang des « illustrissimes » poètes que furent François Coppée et Sully Prudhomme… C'est du moins ce que l'élève est invité à penser. Quant au Lagarde et Michard du XXe siècle, une seule poétesse y est citée, Anna de Noailles – encore n'a-t-elle droit qu'à une page et demie sur un total de six cent quarante-six pages.

Passons maintenant au manuel d'Henri Mitterand, édité dans les années 1990 et que l'école imposa à mes enfants. Prenons, là aussi, à titre d'exemple, le volume qui concerne le XIXe siècle. Dans la rubrique « Les grands maîtres de la poésie romantique » (où Lamartine, en perte de vitesse, n'occupe plus que six pages), aucune mention de Marceline Desbordes-Valmore. En cherchant bien, on la retrouve dans la dixième partie du livre, espèce de fourre-tout intitulé « Voix de femmes » – encore la moitié de ce chapitre est-elle consacrée… aux hommes ! au regard des hommes sur les femmes, à ce que les poètes (masculins) disent des femmes – d'où retour en force d'Hugo, de Vigny, Musset, Baudelaire, qui avaient déjà eu, chacun, leur chapitre particulier. Marceline Desbordes-Valmore doit se contenter, elle, d'une sous-sous-partie de ce curieux chapitre qu'il lui faut, au surplus, partager avec Louise Colet, dont tout le talent fut d'avoir Musset et Flaubert pour amants… Deux pages pour la très grande Marceline, c'est moins que pour le seul Maurice Rollinat, l'homme des *Névroses*, qui ne fut célèbre qu'en son temps et, surtout, pour avoir appartenu à la confrérie des

Décadents et joué les Des Esseintes de quartier au cabaret du Chat-Noir…

Mais il y a pire : dans le manuel « XIXᵉ siècle » de la série *Itinéraires littéraires*, également parue dans les années 1980-1990, non seulement Marceline n'est pas étudiée, mais elle n'est même plus mentionnée. Aucune poétesse, d'ailleurs, ne figure dans l'index des auteurs, où l'on trouve des poètes masculins comme Charles Cros, certes amusant mais mineur.

Bon, attaquons-nous à un quatrième manuel, la *Nouvelle anthologie poétique* (Nathan), de Charles d'Orléans à Jean Cocteau, destinée, dans ma jeunesse, aux collégiens : douze femmes poètes citées pour deux cent soixante-dix-neuf hommes. Sans commentaire…

Passons, enfin, à un manuel plus récent, utilisé, cette fois, dans les « grandes classes » et les « prépas » : *Langue et Littérature*, un ouvrage collectif, qui se présente comme une anthologie allant du Moyen Âge au XVIIIᵉ siècle. Pour le Moyen Âge, aucune poétesse n'est mentionnée, pas même Christine de Pisan ou Marie de France ; pour le XVIᵉ siècle, Louise Labé seulement et pour un seul poème ; ensuite, plus le moindre « jupon poétique » pendant deux siècles ; il est vrai que les XVIIᵉ et XVIIIᵉ siècles ne furent pas de grands siècles pour la poésie en général, qu'elle fût féminine ou masculine.

La conclusion de ces recherches systématiques s'imposait en tout cas : bonne élève, j'avais tout simplement appris et retenu ce que l'école tenait à m'enseigner – qu'il n'existait pas, en France, de poétesses dignes de ce nom… Mais, depuis ma sortie de l'école, j'avais lu, beaucoup lu – et rien, vraiment rien, qui pût modifier ce premier jugement ?

Je me tournai alors vers les anthologies « pour adultes », les unes composées par des poètes, des essayistes, des romanciers – bref, des hommes de l'art –, les autres par des universitaires spécialisés.

Dans la première catégorie, je relus – sous l'angle exclusif de la poésie féminine – les anthologies de Pierre Seghers, de Jean Orizet (auteur de deux anthologies : l'une, *La Bibliothèque de poésie*, qui fait quatre gros volumes et cinq mille pages, l'autre, *Poésie de langue française*, qui propose une intéressante approche thématique), ainsi que les ouvrages d'André Gide, Jean-François Revel et quelques autres.

Du côté des universitaires, je choisis les *Mille et cent ans de poésie française* de Bernard Delvaille (mille neuf cents pages), *Mille ans de poésie*, de Jean-Hugues Malineau, l'*Anthologie de la poésie française* de la collection « Poésie-Gallimard » (quatre volumes pour les XIXe et XXe siècles, environ deux mille huit cents pages), les *Chansons des trouvères* (dans une collection dirigée par Michel Zinc) et celles des femmes-troubadours de Pierre Bec, ainsi que l'*Anthologie de la poésie française* de Suzanne Julliard.

J'avais espéré de « meilleurs résultats » qu'avec les manuels scolaires. Hélas ! Je donne en note[2] le détail, un peu fastidieux, de mes comptages et additions

2. Pierre Seghers, *Le Livre d'or de la poésie française* (Marabout Université) : 9 femmes citées, 179 hommes.

– Jean Orizet, *La Bibliothèque de poésie* (France-Loisirs) : 5 femmes et 103 hommes pour le volume « XIe-XVIIIe siècles », 1 femme et 46 hommes pour le volume « XVIIIe-XIXe », 5 femmes et 74 hommes pour le volume « XXe », 17 femmes et 108 hommes pour le volume « XXe-XXIe ».

– Jean Orizet, *Anthologie thématique de la poésie française* (Le Cherche Midi) : 40 femmes sur 522 auteurs cités.

– mais il suffit de savoir que les poèmes écrits par des femmes ne représentent au total que 2 à 5 % des poèmes publiés dans ces diverses anthologies, quels que soient les auteurs de la sélection. Cette proportion n'augmente un peu, chez certains, qu'à partir du milieu du XXe siècle : on atteint 7 % dans le premier volume consacré au XXe siècle de l'anthologie Gallimard (cinq femmes poètes retenues pour soixante-quatorze hommes, mais citées, les pauvres, au compte-gouttes : dix-sept pages sur un total de neuf cent quinze !) et, si, dans le volume « XXe-XXIe siècles », on parvient, en s'en tenant aux noms cités, à 16 % de femmes, on ne dépasse toujours pas les 7 % lorsqu'on considère le nombre de poèmes reproduits et la place qu'ils occupent (quarante-neuf pages sur sept cent quatre). La progression reste donc très limitée. En ce qui concerne les poètes vivants,

– André Gide, *Anthologie de la poésie française* (La Pléiade) : 4 femmes sur 79 poètes, parmi lesquels les immortels Franc-Nohain et Casimir Delavigne…

– Jean-François Revel, *Une anthologie de la poésie française* (Bouquins) : 3 femmes et 60 hommes.

– Patrick Poivre d'Arvor, *Et puis voici des fleurs, anthologie de la poésie française* (Le Cherche Midi) : 12 femmes et 165 hommes.

– Bertrand Delvaille, *Mille et cent ans de poésie française* (Bouquins) : 12 femmes sur 371 poètes cités.

– Bernard Leulliot, Michel Décaudin et Jean-Baptiste Para, *Anthologie de la poésie française, XIXe et XXe siècles* (4 volumes) (Gallimard, « Poésie-Gallimard ») : pour les chiffres, voir le texte.

– Jean-Hugues Malineau, *Mille ans de poésie* (Milan).

– Suzanne Julliard, *Anthologie de la poésie française* (De Fallois) : 6 femmes sur 126 poètes cités.

– Samuel Rosenberg et Hans Tischler, *Chansons des trouvères* (Le Livre de Poche).

– Pierre Bec, *L'Amour au féminin. Les femmes-troubadours et leurs chansons* (Fédérop, avec le concours du CNL).

elle semble même tout à fait stoppée : la collection de poche, « Poésie-Gallimard », par ailleurs excellente, n'a édité que deux femmes poètes vivantes contre plus de quarante hommes – nous retombons de nouveau en dessous des 5 %… On assiste même, en comparant avec le Moyen Âge, à un certain recul. D'après Pierre Bec, en effet, sur les quatre-vingt-quinze chansons de troubadours qui nous sont parvenues, seize au moins auraient été écrites par des femmes (qui interviennent, en outre, comme interlocutrices dûment nommées dans douze chansons dialoguées, auxquelles, selon toute probabilité, elles ont effectivement participé) ; leurs biographies, sous forme de *vitae*, nous sont aussi mieux connues que celles des troubadours, car, dames de bonne noblesse, leur célébrité était souvent plus grande.

Ce n'est pas seulement le faible pourcentage de femmes poètes éditées ou rééditées aujourd'hui qui m'étonne, c'est le fait qu'on y parvienne en réduisant de grandes poétesses à la portion congrue (Christine de Pisan, Marceline Desbordes-Valmore, Marie Noël, et tant d'autres) alors qu'on tente généreusement, ici ou là, de sauver de l'oubli des poètes de deuxième catégorie – des Baudet Herenc et des Guillaume Crétin – ou des poètes certes sympathiques en leur temps mais assez médiocres : ainsi, Philotée O'Neddy, fonctionnaire au ministère des Finances qui n'écrivit qu'un seul recueil de poésie (plutôt macabre) mais obtient quand même sept pages dans un ouvrage où Desbordes-Valmore, qui fit, elle, l'admiration de Rimbaud et de Verlaine, n'en a que cinq. À l'occasion, on trouve aussi, assez longuement cité, ce pauvre Louis Bouilhet, qui n'eut pas, loin s'en faut, le génie de son ami Flaubert. Ou encore le plat Gustave Kahn – sous prétexte, sans doute, qu'il inventa le vers libre, alors que cette forme poétique fut inventée six ans plus tôt par la poétesse Marie Krysinska, qui, elle, n'est en général même pas mentionnée… Comme si, en somme, on disait aux (rares) poétesses : Ôtez-vous de là, qu'on y ajoute encore quelques mâles !

Oh, ce n'est pas que je prétende qu'il existe, cachées dans les placards de l'Histoire, des poétesses de la dimension d'un Baudelaire, d'un Hugo, ou d'un Apollinaire… Non, je le reconnais, celles-là n'existent pas. Mais ce n'est pas une raison pour étouffer le chant, gracieux ou bouleversant, même s'il est parfois plus frêle, des femmes poètes de talent. Car ce n'est pas un « plafond de verre » que les poétesses ont à soulever pour rejoindre leurs confrères masculins et devenir enfin visibles aux yeux du lecteur ingénu, c'est un couvercle de plomb !

Comme je me refuse à croire que tous les auteurs d'anthologies et de manuels scolaires soient misogynes[3], reste à élucider le pourquoi de cette sous-représentation féminine.

Les femmes seraient-elles inaptes à l'expression poétique, mal à l'aise avec le vocabulaire, avec les images, avec la métrique ? Ce serait bien étonnant, car mille études ont montré que, durant la scolarité

3. Il faut noter cependant que, dans 95 % des cas, ces auteurs sont des hommes…

du moins, les filles sont plus à l'aise que les garçons avec les mots.

Ou, autre hypothèse, sont-elles empêchées d'écrire par les conditions matérielles de leur vie ? Plus investies que les hommes dans les tâches concrètes (préparer le repas, faire tourner la lessive, torcher les bébés et surveiller les devoirs des plus grands), peinent-elles à s'élever au-dessus de ces basses contingences et à trouver, sans être interrompues, le temps de rêver et de prendre l'élan nécessaire au souffle poétique ? D'autant qu'aujourd'hui, la plupart exercent un métier – fini, le temps des belles troubadouresses servies par une abondante domesticité… Les poétesses d'aujourd'hui n'ont même pas, pour les aider, les soulager dans leurs occupations les plus terre à terre, ce qu'ont encore la plupart des poètes et des romanciers : une femme… Or l'inspiration est capricieuse : quand elle frappe à la porte, si on ne lui ouvre pas tout de suite, elle s'en va !

Troisième hypothèse : il existerait une certaine concurrence entre la création artistique et la maternité. « Fabriquant » des enfants, les femmes auraient moins besoin de fabriquer des livres. La vocation littéraire serait chez elles moins impérieuse. Pour montrer à quel point cette concurrence entre l'enfant et l'art, cet écartèlement entre deux vocations, sont violents chez la plupart des femmes, qu'on me permettre de rapporter ici une anecdote personnelle, dont je ne suis pourtant pas très fière. Je venais alors d'avoir mon premier enfant et j'étais allée me reposer quelques jours chez ma mère et ma grand-mère pour souffler un peu et dormir tout mon saoul en me déchargeant sur ces femmes expérimentées du soin de mon bébé pour quelques changes ou quelques tétées. Regagnant ainsi des moments de liberté, j'en profitai pour me remettre en hâte au roman que je tentais d'écrire : je savais bien que, sitôt mon congé de maternité terminé, je retrouverais mon travail de juriste à plein temps et ne pourrais plus donner à l'écriture qu'une soirée par-ci par-là et un week-end de loin en loin : du temps volé.

Ma grand-mère prit sans doute cette fringale d'écriture, cette soif de mots, pour un manque d'intérêt à l'égard du nouveau-né : se pouvait-il que je ne fusse pas maternelle ? Tandis que je noircissais du papier sur la table de la salle à manger, les deux femmes venaient, l'une après l'autre, tourner autour de moi avec le bébé dans les bras : « Regarde comme il est mignon ! » ou « Tu ne veux pas lui donner le prochain biberon ? » À la fin, fixant mes « paperasses » d'un œil sévère, ma grand-mère me dit sur un ton comminatoire : « Maintenant que tu as ce petit, ma fille, il va falloir changer de vie : laisse tomber tes écritures ! » La moutarde me monta au nez, et ma réponse fusa : « Mamie, tu ne le sais sans doute pas, mais on ne crée pas seulement "par en bas" ! », et je joignis le geste à la parole.

J'eus tout de suite honte de cette phrase, méprisante pour des femmes qui avaient tout sacrifié à leur travail de ménagères et d'éducatrices, et glaçante à l'égard d'un enfant que j'adorais déjà. J'avais été emportée par la colère – colère devant le petit manège des deux dames, mais, plus encore, colère contre une vérité que je pressentais déjà moi-même : chez la plupart des femmes, il y a compétition, pour ne pas dire « conflit », entre ces deux créations – l'enfant et l'art.

Et si, finalement, sans rien abandonner de ma double vocation, j'ai réussi à donner la priorité à mes enfants, ce fut au prix d'un écartèlement douloureux et au détriment des livres que j'écrivais.

Mais cette explication-là ne saurait valoir pour les femmes célibataires (Marie Noël, par exemple, aujourd'hui injustement renvoyée au purgatoire des Lettres, Renée Vivien, Catherine Des Roches, Louisa Siefert, Anne Hébert ou Liliane Wouters), ni pour les femmes sans enfant (Louise Labé – qui eut, elle, la chance d'être tôt reconnue pour ce qu'elle valait –, mais aussi Catherine Pozzi, qu'on commence tout juste à sortir des ténèbres où elle est restée enfoncée pendant plus de cinquante ans, Marguerite Burnat-Provins ou Hélène Picard, encore plongées, après cent ans, dans une totale obscurité). Et que dire des femmes qui, plusieurs fois mères, parvinrent tout de même à produire des œuvres remarquables et qui, aujourd'hui, sont soit oubliées (comme Cécile Sauvage), soit maltraitées par la postérité – c'est-à-dire rangées parmi les poètes mineurs alors qu'elles sont des poètes de première grandeur : Christine de Pisan, Marceline Desbordes-Valmore, Anne Perrier ou Anise Koltz ? Non, décidément, tout ne s'explique pas par la sociologie ou la psychanalyse…

Du reste, les poétesses sont nombreuses dans les pays anglo-saxons ou dans la Russie du XXe siècle – et quelles poétesses ! Enfin, si les femmes étaient frappées d'une quelconque inaptitude mentale ou hormonale à l'art littéraire, on s'expliquerait mal qu'elles soient tout de même, proportionnellement, beaucoup mieux représentées dans d'autres formes d'écriture : 20 % environ des pièces de théâtre actuellement jouées en France ont des femmes pour auteurs[4]. Dans le domaine romanesque, on reste certes assez loin d'une quelconque parité (je doute d'ailleurs qu'on l'atteigne jamais, car il serait aussi ridicule d'imposer aux éditeurs des quotas de « romans de femmes » que des quotas de « romans ruraux » ou de « romans policiers ») : seul un roman français sur quatre est signé par une femme[5], mais cette proportion de 25 %, quoique très inférieure à ce qu'imaginent généralement les lecteurs (qui confondent souvent romans et essais et se laissent abuser par les listes de best-sellers), cette proportion est très largement supérieure à ce qu'on constate pour la poésie. Comment expliquer ce mystère ? Serait-ce que les poétesses d'autrefois, trop timides, envoyaient peu de manuscrits aux éditeurs ? que celles d'aujourd'hui préfèrent écrire pour leurs tiroirs... ou pour leur mari ? ou bien doit-on imaginer un vaste complot des critiques et des universitaires pour maintenir les femmes poètes dans l'ombre ?

Honnêtement, on ne peut exclure une certaine misogynie... Involontaire, bien sûr, et inconsciente. Un peu comme celle qui atteint notre Académie Goncourt : bien que, sur dix membres, nous soyons

4. Voir *Le Magazine de la SACD* (Société des auteurs et compositeurs dramatiques), 1er trimestre 2016, article de Pascal Rogard, directeur de la Société.

5. Calculs effectués en 2004 (3e et 4e trimestres) et 2015 (1er trimestre), à partir des publications hebdomadaires annoncées dans *Livres Hebdo* (la revue des professionnels du livre), et après soustraction des romans policiers et de science-fiction ainsi que des romans édités à compte d'auteur ou à « compte d'éditeur ».

toujours deux ou trois femmes (une seule, il est vrai, jusqu'en 1983), nous n'avons couronné que onze femmes en cent treize ans – soit 10 % à peine, alors qu'en bonne justice nous devrions nous rapprocher des 25 % constatés au stade de la publication. Faute de quoi, il nous faudrait conclure qu'une romancière, qui a déjà trois fois moins de chances d'être publiée qu'un romancier, a aussi – une fois passé l'obstacle de la publication – neuf fois moins de chances de recevoir un grand prix…

Question : ne serions-nous pas, femmes jurées comprises, coupables d'un préjugé ? Les livres d'hommes seraient naturellement supposés plus sérieux, plus importants – opinion préconçue que les dames des jurys, minoritaires, finiraient par partager à leur insu, adoptant peu à peu une vision masculine de l'art romanesque ou poétique.

En tout cas, face au si petit nombre de poétesses que notre histoire littéraire a retenues, j'eus brusquement envie de fouiller les placards pour sortir de l'oubli des femmes qui en vaudraient la peine : ce fut la première raison qui me poussa à accepter de composer cette anthologie.

La seconde bien sûr (mais c'est en vérité la première) fut que, depuis l'âge des « récitations », j'adore la poésie. Je l'aime comme j'aime la musique. Je la tiens pour le genre majeur en littérature et la place très au-dessus du théâtre, de la nouvelle ou du roman. Comme autrefois le poète Racan, je soutiendrais volontiers que la prose n'est que de la marche quand la poésie est la danse même…

Encore, bien sûr, faut-il s'entendre sur ce mot de « poésie ». En ce qui me concerne, j'admets volontiers le vers blanc ou les simples assonances (la rime n'a rien d'indispensable), je me moque aussi un peu de la césure, et je suis prête à accorder une place plus grande au « e » muet, conformément à la prononciation courante. Mais, en dépit de la qualité des *Poèmes en prose* de Baudelaire, du *Gaspard de la Nuit* d'Aloysius Bertrand, ou de l'œuvre d'Henri Michaux et de quelques autres, le vers libre, sans rime ni cadence, et surtout le *poème en prose* me posent problème : ce n'est pas parce qu'une prose est « poétique » qu'elle devient poème – ou bien nous devrions classer comme poèmes nombre de pages de romans qui sont, elles aussi, « poétiques »... Même lorsqu'on refuse les règles de la poésie classique, il me semble que la poésie, à la différence de la prose, doit rester rythme et chanson[6].

Ne fut-elle pas, du reste, chantée pendant des siècles ? Tous les poèmes de l'Antiquité étaient accompagnés de musique – et, symétriquement, il n'existait pas de musique purement instrumentale, de musique sans voix ni paroles. On a retrouvé aussi des partitions de « troubadouresses », ces *trobairitz* du Moyen Âge qui accompagnaient du luth tous leurs poèmes – nous connaissons, par exemple, l'air sur lequel il fallait chanter le beau poème de Béatriz de Die que j'ai fait figurer dans ce recueil[7].

6. Quelques « poèmes en prose » me semblent y parvenir, notamment ceux, cités dans cette anthologie, de Marguerite Burnat-Provins et d'Anise Koltz.

7. Voir p. 56.

Ce n'est qu'au XVIe siècle, avec Eustache Deschamps et Charles d'Orléans (c'est-à-dire peu avant la découverte de l'imprimerie, qui permettra une plus large diffusion de l'écrit), qu'apparaît le poème simplement dit : soit lu, soit récité. Encore, dans ce « poème dit », la musique verbale reste-t-elle fortement accentuée et le texte, souvent divisé en couplets et refrains. Le nom même des différentes formes poétiques conserve, en ce temps, l'allusion à la musique et à la danse : un *rondeau* est d'abord une ronde et la chanson sur laquelle on tourne ; un *virelai* (sur deux rimes) est un air de danse, de même que la *ballade*, qui comporte un refrain, et dont le nom vient de *ballar* ou *bailar*, danser.

Bien que, depuis lors, quatre siècles aient passé, que les formes littéraires aient évolué, je tiens toujours qu'à défaut d'être chantée, la poésie doit au moins rester « chantable ». C'est d'ailleurs la meilleure manière de la mémoriser – or qu'est-ce qu'un poème qu'on ne parvient pas à retenir ?

C'est grâce à Duparc que je sais par cœur « L'Invitation au voyage » de Baudelaire, grâce à Fauré que je connais de mémoire plusieurs poèmes de Gautier, grâce à Reynaldo Hahn que je sais du Leconte de Lisle, c'est Brassens qui m'a permis de me réciter aujourd'hui à volonté « La Ballade des dames du temps jadis », grâce à Jean Ferrat et à Léo Ferré que je peux répéter tout bas, avec Aragon, qu'« Il n'y a pas d'amour heureux », et grâce à Hélène Martin, qui les mit en musique[8], que je connais plusieurs

8. Le poème chanté fut interprété par Monique Morelli et repris, plus récemment, par Étienne Daho.

strophes – sublimes – du « Condamné à mort » de Jean Genet.

Cette conception essentiellement mélodique et rythmique de la poésie, qui a guidé mes choix pour cette anthologie, est aussi celle que Verlaine a exposée dans son *Art poétique* : « De la musique avant toute chose… » Nombre des titres de ce grand poète renvoient d'ailleurs au chant : « Chanson d'automne », « Écoutez la chanson bien douce », « Mandoline », « Ariettes oubliées », *La Bonne Chanson*, etc. Et l'on ne saurait mieux exprimer que la poésie est faite de sons – avant même d'être faite de mots et de phrases – qu'en intitulant, comme il le fit, l'un de ses plus beaux recueils *Romances sans paroles*.

Pas plus que Verlaine, dont l'idéal poétique était que rien ne « pèse » ou ne « pose », je n'aime la poésie discursive, rhétorique, la poésie d'idées : elle pèse. Or, comme le constatait avec finesse une poétesse du XIXe siècle, « si pour écrire en prose il faut avoir quelque chose à dire, pour écrire en vers ce n'est pas indispensable »… Quant à la poésie hermétique – la phrase disloquée, le style contourné, le langage ésotérique, bref le charabia élevé au rang des beaux-arts –, elle me déplaît : elle pose.

Enfin, au nombre des aversions qui expliquent le tri que j'ai opéré pour établir cette anthologie, il me faut mentionner la poésie à trous, la poésie typographique, aux blancs plus ou moins savamment disposés sur la page, aux lettres italiques alternant avec des caractères romains, aux capitales, petites ou grandes, succédant arbitrairement aux minuscules : la poésie étant, par essence, sons et rythmes, mélodie et harmonie faites pour l'oreille, comment peut-on prétendre lui substituer une poésie exclusivement visuelle ? Voilà un non-sens dont je regarde Mallarmé, avec son trop fameux « Coup de dés », comme le premier responsable.

Ah, Mallarmé ! Je dois avouer que mes rapports avec lui furent très tôt – et définitivement – catastrophiques. Pour l'anniversaire de mes treize ans, mon parrain, qui travaillait dans « la librairie », avait proposé de m'offrir mon premier livre de La Pléiade. Prestigieuse collection, dont je ne connaissais même pas l'existence : mes parents avaient peu de livres, et c'étaient plutôt des « poches ». Ce généreux parrain m'envoya le catalogue Gallimard pour que je puisse faire mon choix. En me voyant feuilleter ce catalogue, mon père, qui, d'ordinaire, ne se souciait guère de ce que faisaient ses enfants, s'enquit de mes intentions : « Quel livre vas-tu demander ? – Les poésies de Musset », dis-je, ravie de mon choix et charmée de l'intérêt que mon père me manifestait. « Musset ? Mais c'est puéril, ma petite fille ! gronda-t-il. Il est temps, à ton âge, de lire des choses sérieuses ! »

En général, notre père ignorait l'âge exact de ses enfants, c'était même devenu un jeu que de nous planter devant lui lorsqu'il passait quelques jours à la maison et de lui demander à brûle-pourpoint : « Quel âge j'ai ? » Il ne se trompait pas toujours, mais, toujours, il lui fallait un assez long temps de calcul et de réflexion… « Musset ! À ton âge, non ! Demande plutôt les œuvres de Valéry. Ou de Mallarmé. Tiens, oui, voilà ce qu'il te faut : Mallarmé. » Aujourd'hui, je parierais volontiers que mon père n'avait jamais lu Mallarmé, mais sans doute avait-il entendu dire que c'était bien, Mallarmé, très chic, très intellectuel, résolument élitiste : avec ce poète-là, pas de sentier fleuri, d'ivresse sentimentale, de confession ni de chanson. Mon père voulait, je n'en doute pas, le meilleur pour moi ; par une sorte de naïf snobisme, il crut que Mallarmé était le meilleur…

Quant à moi, j'étais une enfant obéissante, et d'autant plus obéissante, pour les choses de l'esprit, que, dans cette famille modeste de maçons creusois, mon père était le seul bachelier. À qui d'autre demander conseil ? Je reçus donc, quelques jours plus tard, un livre relié en cuir vert, titres dorés à l'or fin, papier bible ivoire, et deux signets – le luxe ! Le luxe sur mille six cent quarante-six pages imprimées serrées. Mais les gros livres ne m'effrayaient pas. Au contraire. Aussi me jetai-je dans l'œuvre du grand homme comme un nageur téméraire dans la haute mer.

Les premières pages ne me déconcertèrent pas : il s'agissait des « Poèmes d'enfance et de jeunesse » – rien, d'ailleurs, qui manifestât un talent précoce, mais des poèmes d'inspiration hugolienne ou baudelairienne fort accessibles à une « préadolescente ». Les poésies de la maturité, qui commençaient à la page 27, me parurent déjà plus difficiles, obscures parfois, mais elles étaient écrites en alexandrins, avec des rimes régulières – rien donc de déconcertant dans la forme ; et, sur le fond, si je ne comprenais pas tout de chaque vers, je comprenais toujours à peu près de quoi il était question, et surtout j'étais sensible au rythme, encore très musical, de poésies comme « Brise marine » : que la chair fût *triste hélas*, à treize ans je n'en savais rien, mais *Fuir ! là-bas fuir ! Je sens que les oiseaux sont ivres / D'être parmi l'écume inconnue et les cieux !* me transportait, et, avec *Perdus, sans mâts, sans mâts, ni fertiles ilots… / Mais, ô mon cœur, entends le chant des matelots !*, j'étais comblée : cette juxtaposition de brèves, syncopée comme du jazz, et suivie, dans une seule et même respiration, d'un long envol, correspondait déjà à ce que je croyais, sentais, être la poésie même.

Mais je déchantai vite : *Hérodiade*, une tentative de théâtre en vers alambiqués que Mallarmé avait abandonnée après trois scènes (et pour cause : c'était injouable !), me plongea dans la perplexité ; plus loin, certains des sonnets et « tombeaux » m'inquiétèrent franchement – que signifiait *Notre si vieil ébat triomphal du grimoire, / Hiéroglyphes dont s'exalte le millier / À propager de l'aile un frisson familier ! / Enfouissez-le-moi plutôt dans une armoire* (oui, c'est ça, enfouissons !) ou *Maint rêve vespéral brûlé par le Phénix / Que ne recueille pas de cinéraire amphore / Sur les crédences, au salon vide : nul ptyx, / Aboli bibelot d'inanité sonore, / (Car le Maître est allé puiser des pleurs au Styx / Avec ce seul objet dont le Néant s'honore)*, etc. Je ne comprenais même pas de quoi il retournait : le poète aurait aussi bien pu écrire « Am stram gram pic et pic et colégram »… Quant à la musique des phrases et aux allitérations, *aboli bibelot* ou *De scintillations sitôt le septuor* me faisaient le même effet que ces exercices de diction auxquels s'exercent les apprentis acteurs : *Gras gros grand grain d'orge* ou *Les chaussettes de l'archiduchesse*. Or les notes du commentateur de La Pléiade ne m'aidaient guère : « Je supplie le lecteur, écrivait cet éminent professeur, de ne point voir dans ces lignes une tentative d'explication – on n'explique pas Mallarmé, on le sent et on l'aime. »

Je ne sentais rien de rien, mais je poursuivis avec application. Ainsi parvins-je au fameux *Un coup de dés jamais n'abolira le hasard* : alors là !... Certes, je compris qu'il s'agissait, dans ce poème exclusivement visuel, de jouer avec la typographie et la mise en page – mais de quelle manière devait-on lire ce « machin » ? De haut en bas ou de bas en haut, sur une seule page à la fois ou sur la double page (puisque certaines lignes semblaient trouver leur suite en face et non en dessous) ; les mots tenaient, de toute façon, beaucoup moins de place dans ce poème de vingt-deux pages que les « blancs »... Et fallait-il plutôt relier entre eux les mots en capitales semés ici ou là, ou enchaîner, où qu'ils fussent, les passages en italique ou les lignes en « romain » ? De quelque manière qu'on s'y prît, de toute façon, rien n'était compréhensible : lu sur une seule page, on avait, par exemple, *choit / la plume / rythmique suspens du sinistre / s'ensevelir / aux écumes originelles / naguère d'où sursauta son délire jusqu'à une cime / flétrie / par la neutralité identique du gouffre* ; lus transversalement sur deux pages, on trouvait *puis ombrage / debout / une stature mignonne ténébreuse / le temps / de souffleter / par d'impatientes squames ultimes / bifurquées / un roc*, etc. PIC ET PIC ET COLÉGRAM, BOUR ET BOUR ET RATATAM !

Ma colère montait à mesure que croissait mon étonnement, mais je me gardai bien de jeter, furieuse, ce tissu de sottises et de préciosités contre le mur de ma chambre : un si beau livre, songez, une reliure plein cuir ! Et un livre recommandé par mon père et admiré par l'universitaire qui le commentait ! Je m'entêtai : peut-être, passées les cinq cents premières pages, trouverais-je enfin quelque chose d'intelligible, de plaisant même, qui sait ?

C'est ainsi que j'arrivai à une série de menus et de recettes, très compréhensibles en effet, *Faire revenir un oignon dans du beurre avec du cari et du safran, y mettre un poulet découpé*, etc., mais où, dans cette prose culinaire, se cachait la poésie ? Plus loin, je tombais sur quatre cents pages intitulées « Thèmes anglais », que je me fis un devoir d'absorber. Vous riez ? Vous croyez que je plaisante ? Nullement ! Je suis ainsi faite que, même à l'Académie Goncourt, lorsqu'il nous faut, pour attribuer le fameux prix, lire les romans de la rentrée, je ne m'arrête jamais aux premières pages, même lorsqu'elles me paraissent mauvaises ou m'ennuient – j'espère toujours que l'auteur va se rattraper, qu'il y aura plus loin un chapitre original, une page sublime, une fin imprévue… et je continue, je continue, jusqu'à la nausée. À treize ans, j'étais d'ailleurs plus excusable ; je lisais tant, que je manquais toujours de livres ; pas de bibliothèque dans notre commune, peu de littérature à la maison ; j'absorbais tout jusqu'à la dernière ligne, et quand je n'avais vraiment plus rien à lire, j'étais capable de dévorer *Le Petit Écho de la mode* de ma grand-mère ou les romans-photos de nos voisines.

Alors, pourquoi pas les recettes de cuisine de Mallarmé ?

En vérité, j'ignorais que le responsable de cette édition de luxe avait pratiqué « la gonflette » : comme l'œuvre poétique du maître de l'hermétisme tient tout entière en une soixantaine de pages, « Coup de dés » compris, l'universitaire y avait ajouté, pour épaissir et augmenter le prix, tout ce qu'il avait pu ramasser – des adresses postales rimées, des discours de circonstance, des brouillons (que Mallarmé, pourtant, appelait lui-même ses « déchets »), des interviews, des articles écrits sous pseudonyme pour un journal féminin (d'où les recettes) et, le poète étant aussi professeur d'anglais dans un grand lycée parisien, les divers ouvrages scolaires qu'il avait publiés – sur la mythologie grecque ou la grammaire anglaise.

Prenant ces livres scolaires pour une nouvelle approche de la poésie, un renouvellement de la manière du poète, je cherchai, aux phrases banales, une signification cachée. Il faut dire que l'époque s'y prêtait ; les cinéastes de l'après-guerre multipliaient les films de Résistance, ceux notamment où l'on voyait les familles françaises réunies autour du « poste » pour écouter, sur fond de brouillage allemand, les informations et les messages de la BBC. Ces messages, dont le sens était crypté, prenaient l'apparence tantôt de vers célèbres (*Les sanglots longs des violons*, qui annonça le débarquement), tantôt de phrases banales : *Le chien n'a pas mangé sa pâtée, je répète : le chien n'a pas mangé sa pâtée* ou *Les carottes sont cuites, je répète : les carottes sont cuites*. Influencée par ces films de série B et persuadée, à juste titre, que la poésie, dans sa concision, dit toujours plus qu'il n'y paraît, je lus attentivement les prétendus « Thèmes anglais » de Mallarmé. À la différence des œuvres précédentes, cette fois les phrases étaient simples : *Essayez la glace avant de vous aventurer dessus* ; *Les matinées nuageuses peuvent se changer en de claires après-midi* ; *Les murs ont des oreilles*... Que dissimulaient ces conseils et ces affirmations ? Quel monde enchanté pouvais-je espérer découvrir au-delà de ces apparences triviales ? Et je cherchais, je cherchais...

C'est bien plus tard que je compris qu'il n'y avait rien à trouver, sinon que Mallarmé était peut-être meilleur professeur que poète. Sa grammaire et ses exercices sont excellents, en effet, et le sont d'autant plus qu'il a réussi à ne faire figurer dans son « cours de thèmes » que des phrases qui sont, en fait, des proverbes et dictons britanniques traduits en français... Mais voilà où m'avait menée l'hermétisme : à prendre des exercices grammaticaux pour des vers... et des vessies pour des lanternes !

Et si, aujourd'hui, je me permets cette longue digression sur mes déboires mallarméens, c'est qu'il y a plus de cinquante ans que je retiens ma colère – contre l'abus de pouvoir paternel, l'escroquerie de l'auteur du Pléiade[9], et le style poseur du

9. Le Mallarmé de la Pléiade dont je parle est celui de 1945 ; en 1998, parut, sous la direction de Bertrand Marchal, une nouvelle édition – en deux volumes. Certes, on alla, pour ce faire, jusqu'à récupérer les « toasts et hommages » et, au titre des « ébauches », les *Notes en vue du « Livre »* (soixante-dix pages) et les variantes de ces notes (soixante-dix pages de plus), *Notes* dont je ne vous recommande pas la lecture : ce ne sont qu'équations, opérations multiples, plans sur la comète, entrecoupés de mots abrégés et de courtes phrases elliptiques (si cette « production » avait été éditée de son vivant, le Maître eût été envoyé au cabanon !) Cependant, l'avantage de cette parution en deux

« Maître »… Aussi suis-je bien contente de trouver enfin l'occasion de m'en soulager ! Mais c'est surtout que cette parenthèse éclaire les choix que j'ai faits pour cette anthologie : malgré le succès rencontré par les théories de Mallarmé et leur influence sur la poésie du XXe siècle, qui fut volontiers hermétique et trop souvent typographique [10], on ne trouvera dans cette anthologie rien qui relève de ce genre-là. À ces raffinements précieux et prétentieux, je préférerais encore, comme Alceste, *J'aime mieux ma mie, au gué, j'aime mieux ma mie*.

Je souscris, en tout cas, à la définition de la poésie que donnait, au XIXe siècle, une poétesse aujourd'hui oubliée, Louise Ackermann : « Le vers doit être à la fois transparent et fluide, il faut qu'il laisse passer la lumière et qu'il coule. »

Les éditions du Cherche Midi avaient réduit l'étendue du champ que devait couvrir mon anthologie, il s'agirait uniquement, m'avait-on indiqué, de la poésie féminine *de langue française*. Heureusement d'ailleurs, car à la traduction – qui est, en quelque sorte, une seconde cuisson – le charme du poème s'évapore : il doit être consommé très frais, dans son emballage

volumes est qu'on peut n'en acheter qu'un : toutes les poésies intéressantes de Mallarmé sont dans le premier. Quant aux exercices d'anglais (heureusement renvoyés dans le second volume), ils sont, cette fois, honnêtement présentés comme *Ouvrages pédagogiques*.

10. Comme l'écrit Sartre, « de Mallarmé aux surréalistes, le but profond de la poésie française paraît avoir été une autodestruction du langage »…

d'origine. D'où l'insuccès à l'étranger de Racine, pourtant le plus grand poète du siècle de Louis XIV.

Néanmoins, je ne pourrais pas tout à fait éviter la traduction lorsqu'il s'agirait de poésie écrite avant le XVIe siècle : la langue en est trop éloignée de nous. Je ne l'éviterais pas non plus pour la célèbre poétesse de Lesbos : Sappho. Pourquoi, d'ailleurs, tenais-je tant à ouvrir sur son nom cette anthologie ? Parce que Sappho, femme du VIIe siècle avant notre ère, est la première poétesse connue et, comme telle, la sainte patronne de toutes celles qui ont suivi. Une poétesse universelle, un magnifique écrivain.

Autre limite imposée à mes recherches : il devrait s'agir de poèmes d'amour. Pourquoi pas ? Certes, je doute fort qu'il existe une « poésie féminine » de l'amour : si les adjectifs et participes n'étaient pas au féminin, et si le texte ne comportait aucune allusion à un homme aimé, ou à une robe et une longue chevelure, distinguerait-on toujours au premier coup d'œil un poème écrit par une femme d'un poème écrit par un homme ? Sans doute pas. Sinon, pourquoi les spécialistes discuteraient-ils encore pour savoir si Louise Labé était une femme ou, simplement, le pseudonyme d'un groupe d'hommes[11] ?

La forme poétique, la maîtrise technique, l'influence des modes littéraires, sont les mêmes chez les femmes et les hommes ; il reste, cependant, que les thèmes abordés diffèrent un peu.

Au début, en effet, l'homme parla surtout de la guerre, des batailles et des défaites : cela commence

11. Voir p. 92.

avec Homère et l'*Iliade*, se poursuit avec l'*Énéide*, *La Chanson de Roland*, ou *Les Tragiques* ; plus tard, « Le Dormeur du Val », les derniers poèmes de Péguy (*Heureux ceux qui sont morts dans une juste guerre*), les vers qu'Apollinaire écrivit au front (*Ah, dieu, que la guerre est jolie !*), et, pendant la Seconde Guerre mondiale, quelques beaux poèmes d'Éluard ou plusieurs, admirables, d'Aragon.

Aux femmes on avait laissé le cœur : avec Sappho, elles commencèrent à l'écouter et à le chanter. Pendant que l'homme inventait l'épopée, la femme inventa donc l'élégie.

Pour autant la situation ne resta pas longtemps équilibrée : à leur tour, les poètes masculins s'avancèrent sur le terrain, mixte, de l'amour – il y eut, dès l'époque romaine, Properce et Catulle ; plus tard, les troubadours ; plus tard encore, les romantiques, qui, vivant dans une période de paix, ne parlèrent plus que du cœur, de ses intermittences et de ses souffrances. Or les femmes, faute d'expérience et de connaissances, ne pouvaient toujours pas, elles, parler des champs de bataille, du maniement de l'épée, de la charge des cavaliers ou de la vie dans les tranchées – tout au plus parlaient-elles des tombes... Il fallut attendre la fin du XXe siècle et la disparition de la distinction entre le front et l'arrière, entre les soldats et les civils, pour voir des femmes s'aventurer dans ce domaine jusque-là « réservé » : apparut alors une poésie féminine de la guerre, dont, en français, les meilleures représentantes furent des poétesses libanaises (il est vrai que les malheureuses étaient aux premières loges !).

Est-ce parce que les femmes chantent l'amour depuis plus longtemps que les hommes que la commande de mon éditeur portait exclusivement sur « la poésie amoureuse féminine » ? Comme si les femmes, ne pouvant autrefois célébrer l'ardeur militaire ni pleurer des compagnons tombés au combat, s'en étaient tenues aux seuls rapports amoureux ! Mais il y a bien d'autres « sujets » universels que ceux-là, et les poétesses les avaient tous abordés : l'amour de Dieu et la recherche spirituelle (c'est la principale source d'inspiration de Marie Noël[12]) ; l'amour de la terre natale et la douleur de l'avoir perdue ; la mort des autres et la mort de soi ; la vieillesse ; l'art ; les beautés de la Nature ; la révolte politique et les révolutions ; bref, la condition humaine…

Il existe en effet une poésie « féminine » de type philosophique, qu'illustrent Christine de Pisan et Louise Labé dans leurs *Débats* et *Traités*, et, plus tard, Louise Ackermann ou Marie Noël. Il existe aussi une poésie féminine de nature politique : Marceline Desbordes-Valmore – qui prit parti pour la révolte des canuts à Lyon en 1831 et 1834 et écrivit contre la misère, la répression, et, devenue républicaine, contre le roi Louis-Philippe – fit de la poésie engagée près de vingt ans avant Victor Hugo. Il existe également une poésie féminine qui traite du langage et de l'inspiration poétique elle-même, celle, notamment, d'Anne Perrier et d'Anise Koltz. Il existe enfin une poésie féminine fantaisiste (dans le droit fil des

12. Voir p. 208 et suivantes.

fatrasies du Moyen Âge), poésie faite de jeux de mots, de *nonsense*, d'holorimes, de contrepèteries ; et si, dans ce domaine, aucune femme n'égale les auteurs de l'Oulipo[13], il faut mentionner, au XIXe siècle, Marie Krysinska, qui fit successivement partie du groupe des Hydropathes, de celui des Zutistes, des Décadents, puis des Hirsutes, et, au XXe siècle, certains jeux poétiques de Louise de Vilmorin, même si ce n'est pas, en vérité, ce que « la dame de Verrières » fit de meilleur.

Tous les thèmes que les hommes ont traités dans leurs poèmes, les femmes les ont donc traités aussi.

Elles en ont même traité un de plus : la maternité. Victor Hugo se vantait d'avoir, en littérature, « découvert la femme et l'enfant ». Pour l'enfant, non : dans cette découverte, des mères poètes l'avaient précédé. Certaines ont même fait mieux que de parler de leurs petits, vivants ou morts, elles ont écrit de merveilleux poèmes sur la grossesse, sur l'embryon, sur cet amour fusionnel unique qui précède la naissance. Je songe notamment à Cécile Sauvage[14], poétesse injustement oubliée, qui fut la mère du grand musicien Olivier Messiaen : elle célébra la fécondité et écrivit des textes magnifiques sur « l'avant » – lorsque l'enfant dans son corps était son amant, sa muse, quand elle et lui communiaient comme jamais plus, séparés, ils ne commu-

13. Oulipo : « Ouvroir de littérature potentielle », créé par Raymond Queneau ; l'Ouvroir dont les membres, cooptés, se livrent à toutes les fantaisies littéraires imaginables, a notamment accueilli en son sein Georges Perec (*La Vie mode d'emploi*, *La Disparition*, *Je me souviens*) et le poète et mathématicien Jacques Roubaud.

14. Voir p. 193 et suivantes.

nieraient. Pour des textes aussi forts que ceux-là, j'ai parfois triché un peu en élargissant, à la marge, le « sujet imposé » de la poésie amoureuse jusqu'à les y faire entrer…

Mais, compte tenu de la variété des thèmes abordés dans leur œuvre par les grandes poétesses, plusieurs, que j'admire, n'ont pu trouver aucune place dans cette anthologie, car elles ont toujours, par principe, refusé de parler de leurs amours, refusé la confession et la « poésie subjective » – ce que certaines appellent « l'exhibition impudique » : l'une ne dit-elle pas : « Quand le poète chante ses propres douleurs, il doit avoir la note sobre », et : « J'ai autant que possible évité de parler de moi dans mes vers. » Elles semblent devancer le conseil de Rilke à un jeune poète : « N'écrivez pas de poèmes d'amour. Ce sont les plus difficiles (…). Le poète ne peut livrer son propre moi qu'en pleine maturité de sa force. » Trop pudiques, trop jeunes, ou trop modestes, *quand les femmes parlent d'amour*, beaucoup d'entre elles se taisent, ne l'oublions pas.

Mais lorsque des poétesses acceptent d'ouvrir leur cœur, parlent-elles de l'amour autrement que les hommes ? Il me semble, et je conçois qu'on puisse en être surpris, que les poétesses sont plutôt moins sentimentales que les poètes. D'abord, parce qu'elles chantent plus souvent la solitude que le bonheur (ou le malheur) *à deux* – du moins lorsqu'elles sont restées célibataires, veuves, divorcées, ou lorsque, malades (le cas est fréquent au XIXe siècle), elles sont mortes avant d'être épousées. Et quand elles croient avoir trouvé l'âme sœur, elles préfèrent célébrer leur bonheur dans un « hymne à l'amour » que pleurer, plus tard, sur leurs désillusions. Elles gardent de l'élégance dans la tristesse. En tout cas, leurs sentiments sont rarement mièvres ; on trouve même chez quelques-unes (je pense, par exemple, à Hélène Picard[15]) une hardiesse et une franchise que d'aucuns qualifieraient de « viriles »...

Je remarque aussi que, dans leurs écrits, les poétesses semblent plus sensuelles que « sexuelles ». Il est vrai que, dans les siècles passés, elles ne pouvaient guère s'adonner à la poésie érotique ; et, quand quelque écrit de cette nature paraissait sous un nom féminin, c'était généralement un homme qui l'avait écrit... En fait, les femmes poètes sont panthéistes dans leur appréhension de la sensualité : non seulement elles sont (ou feignent d'être) plus sensibles au parfum d'une fleur qu'au parfum d'une peau, à la caresse du vent qu'à la caresse d'une main, mais, dans l'amour, leur corps s'agrandit, se dilate, se fond jusqu'à ne plus se distinguer du végétal, de la terre, de l'eau : l'amant est sève et soleil, elles sont ruisseau, poisson, source d'eau vive, bouton de rose, clarté lunaire – elles sont la Nature tout entière... Bien sûr, ce lyrisme nous paraît quelquefois un peu facile, un peu bavard aussi[16], mais il oblige à la métaphore

15. Voir p. 174 et suivantes.

16. Comme d'autres auteurs d'anthologies, j'ai pratiqué des coupes dans plusieurs poèmes cités : si l'on reproduisait intégralement des poèmes de vingt ou trente strophes, on ne pourrait plus présenter beaucoup d'auteurs... Au surplus, j'aime mieux donner plusieurs poèmes (éventuellement raccourcis) d'un même auteur qu'un seul cité *in extenso*. Ce découpage, parfois un peu iconoclaste, était aussi une

et, sous la plume des poétesses amoureuses, la métaphore est souvent heureuse.

On regrette cependant que le corps de l'amant soit si rarement décrit. C'est sans doute Marguerite Burnat-Provins, poétesse tombée aujourd'hui dans l'oubli, qui est allée le plus loin dans la description des corps enlacés, des gestes de l'homme, de l'emprise de ses mains, de ses jambes, des veines de son poignet, du bruit de son cœur, enfin de sa nudité. Pour le reste, on notera qu'aucune femme n'a jamais écrit de « blason » du corps masculin (sauf, tout récemment, mais en prose, Régine Detambel, à la fois romancière et kinésithérapeute – le second métier n'étant pas, ici, inutile à l'exercice du premier).

Ce genre du *blason*, qui fut fort à la mode aux XVIe et XVIIe siècles, a été illustré par nombre de poètes, dont Clément Marot et Maurice Scève. Il est vrai que l'exercice était souvent coquin et qu'on trouve beaucoup plus de « Blason du tétin » que de « Blason du sourcil »… Les poétesses ne s'y risquèrent donc pas. Mais qui les retient aujourd'hui ? On a l'impression que, lorsqu'elles font l'amour, c'est encore elles qu'elles regardent, elles qu'elles imaginent – elles, et

---

manière de « digérer » le poème pour me l'incorporer, le faire mien, car c'est avant tout une anthologie *personnelle* que je voulais donner au lecteur. Enfin, je l'avoue, il m'est arrivé de couper ce qui m'apparaissait comme du délayage, des redites – les poétesses, lorsqu'elles ne sont pas enfermées dans une forme précise et contraignante (le sonnet, par exemple), ne sont pas toutes des championnes de la concision… Travers féminin ? Peut-être mais plutôt, avant le XXe siècle du moins, conséquence de l'absence totale de formation des femmes au latin, langue dont l'étude reste le meilleur apprentissage de la densité littéraire, de la bonne « coupe » et de la bonne « chute ».

non pas eux. Même la couleur des cheveux ou des yeux de l'amant nous reste cachée.

Je me suis donc demandé si une femme qui aime une femme se montre aussi discrète sur le physique de l'être aimé que lorsqu'il s'agit d'un représentant du sexe opposé. Eh bien, non ! Renée Vivien, par exemple, prend plaisir à peindre pour nous ses maîtresses, en particulier la belle Natalie Barney : nous ne pouvons ignorer qu'elle est blonde comme le miel, que ses yeux sont deux saphirs bleus, que sa peau est très blanche, sa démarche fluide, que ses bras souples sont pareils aux roseaux, etc. Il y a sans doute bien des façons d'interpréter ce relatif silence sur le corps masculin et ces épanchements complaisants sur le corps féminin ; quant à moi, j'y vois la preuve d'un étonnant narcissisme : même dans l'amour, les femmes aiment à se regarder dans l'autre comme dans un miroir, et c'est plus facile, évidemment, quand « l'autre » est une femme aussi…

Telles sont les principales différences que j'ai pu remarquer entre la poésie amoureuse dite « féminine » et l'autre poésie amoureuse – celle des hommes. Ces différences tiennent au fond plus qu'à la forme, car pour les procédés littéraires, les modes, les techniques, je ne vois rien que de très semblable entre les uns et les autres : les « troubadouresses » chantent comme les troubadours ; Christine de Pisan utilise, dans ses poèmes, les mêmes *formes fixes* et les mêmes figures de style que Charles d'Orléans, son contemporain. Quand, plus tard, les poètes seront romantiques, les poétesses le seront aussi ; quand ils deviennent symbolistes, elles le deviennent avec eux ; et quand Catherine Pozzi écrit, elle écrit comme son amant, Paul Valéry… Tout au plus les femmes semblent-elles un peu moins marquées par le surréalisme et par l'hermétisme, et peut-être moins attirées par la poésie typographique, cette impasse.

Quelques critiques malveillants ont profité de ces similitudes de style pour souligner que les femmes se révèlent incapables d'initier les grandes ruptures esthétiques et ne sont jamais, en littérature, que des suiveuses. Mais les faits leur donnent tort. Qui a inventé le romantisme ? Lamartine, allez-vous me dire, Lamartine en 1820 avec ses *Méditations poétiques*. Eh bien, non : c'est Marceline Desbordes-Valmore en 1819 avec ses *Élégies et Romances*, mais elle était pauvre, autodidacte, provinciale… et femme. Et qui, à la fin du XIXe siècle, a inventé le vers blanc, promis à un si grand avenir ? Le symboliste Gustave Kahn, dit-on, en 1888. C'est faux : l'inventeur (tiens, encore un mot qui n'a pas de féminin…) en est Marie Krysinksa, en 1882 (elle n'avait que dix-huit ans), dans des poèmes comme « Symphonie en gris », publiés dans *Le Chat noir* et *La Vie moderne*, une forme cadencée mais non rimée qu'elle reprit en 1890 dans ses *Rythmes pittoresques*. Voilà des cas – et il y en a d'autres ! – où les hommes furent des suiveurs et les femmes, des précurseurs (pas de féminin non plus…). Mais, doucement et implacablement, ces femmes venues trop tôt furent effacées de l'histoire de la poésie.

Devant ce triste constat – et en découvrant, à mesure, les biographies, souvent éclairantes, des poétesses que j'avais retenues[17], je me suis dit que je devais tirer de cette exploration de la poésie féminine quelques conclusions et recommandations.

Pensant aux *Lettres à un jeune poète* de Rilke, j'ai eu envie, plus modestement, de donner « Quelques conseils à une jeune poétesse » (conseils qui vaudraient aussi pour une jeune romancière). Les voici :

Premièrement, soyez un homme

Bon, je sais, ce n'est pas facile, mais enfin la science progresse tous les jours... Aragon avait généreusement écrit que « la femme est l'avenir de l'homme », je vous dis, moi, qu'en littérature le transsexuel est l'avenir de la femme.

À défaut de pouvoir tout de suite changer de sexe, changez au moins d'apparence : entrez dans la carrière avec un pseudonyme masculin, comme George Sand, Daniel Stern, Gérard d'Houville, René Vivien[18] ou Fred Vargas. Coupez vos cheveux, portez un pantalon, un smoking, une blouse de peintre, mais évitez les fanfreluches, bijoux, volants, plumes, rouge à lèvres, jeunes enfants, et prix de beauté.

17. Dans ce livre j'ai fait figurer ces biographies détaillées à la suite de chacun des chapitres consacrés à l'œuvre d'une poétesse, car, souvent, ces vies éclairent cette œuvre. Mais je préfère qu'elles l'éclairent *a posteriori* : le choc artistique doit rester premier.

18. Ses premiers recueils, elle les signa « René » avant de se résoudre au « Renée ».

Deuxièmement, habitez Paris

Chacun sait, n'est-ce pas, qu'« il n'est bon bec que de Paris ». En tout cas, les journalistes et les éditeurs en sont persuadés.

Cette prééminence culturelle de la capitale est pourtant relativement récente : il fut un temps (jusqu'au XVIIe siècle à peu près) où l'on pouvait « faire carrière » en littérature en habitant Lyon, Toulouse, Orange, Poitiers, Nancy ou Arras (oui, même Arras brillait au Moyen Âge par ses poètes).

Mais réfléchissez au triste sort que connurent par la suite les femmes poètes qui ne purent ou ne voulurent pas quitter leur province : Marguerite Burnat-Provins, Louisa Siefert, Hélène Picard, ou plus près de nous, Anne Perrier, qui tint à rester fidèle à son canton de Vaud. Même la grande Marceline Desbordes-Valmore, fixée à Lyon, ne trouva plus d'éditeur pour ses derniers vers[19].

Certes, il n'est pas mauvais que vous disposiez quelque part d'un Nohant ou d'un Mont-Désert (c'est bon pour les photos de presse), mais pour autant il ne faut pas cesser de paraître dans les cocktails du sixième arrondissement ni démissionner des jurys, encore moins négliger vos amis du Marais, refuser de déjeuner avec votre éditeur (ou avec ceux des autres), et ignorer l'adresse du Flore ou du Récamier…

19. Je n'ai rencontré qu'une exception à cette règle : Marie Noël, qui venait parfois à Paris, mais vécut toujours à Auxerre.

Troisièmement, vivez vieille

J'observe, en effet, que, surtout pour une femme, la notoriété se gagne à l'usure. Si vous mourez à vingt, trente, ou quarante ans comme Pernette du Guillet, Louisa Siefert, Renée Vivien, Catherine Pozzi ou Cécile Sauvage, vous serez mal vue de la postérité, ou, plutôt, vous ne serez pas vue du tout… À moins, bien sûr, que vous ne mouriez assassinée par un repris de justice, noyée dans le naufrage d'un gros Costa, ou fracassée à la suite d'une chute en deltaplane. Mais mourir de tuberculose, comme ce fut le cas au XIXe siècle de tant de jeunes poétesses, ou d'un cancer précoce, comme cela arrive parfois aujourd'hui, ne présente aucun avantage. Quant à mourir à la soixantaine, c'est d'un commun !… En revanche, si vous dépassez les quatre-vingts ans, ou si, mieux encore, vous doublez le cap des quatre-vingt-dix, alors, quelles que soient les qualités intrinsèques de votre œuvre, les magazines vous demanderont votre avis sur tout, les jeunes écrivains feront, timides et déférents, le pèlerinage jusqu'à l'humble maison, très éloignée de Paris, où vous aurez choisi de vous retirer, on se battra pour récolter vos souvenirs littéraires ou pour photographier votre « beau » visage parcheminé par les ans, vos rides torturées, votre vieux châle, votre vieux chien. Voyez Edmonde Charles-Roux, Marguerite Yourcenar, ou, chez les messieurs, Julien Gracq. Sans parler de la « nécro » : prête depuis trente ans, elle aura été constamment complétée, enrichie, peaufinée, elle sera donc très longue (une pleine page dans *Le Monde*, deux peut-être ?), la louange y sera bien tournée, et le « papier » imprimé sans coquilles…

Pas question donc de vous laisser aller ! Accrochez-vous, grand-mère, accrochez-vous ! Enterrez tous vos proches, tous vos voisins, et surtout tous vos concurrents, mais tenez bon ! Pour la postérité…

Quatrièmement, prenez-vous au sérieux

Foin de tout ce qu'on enseigne aux filles et que, donc, on vous a appris : la modestie, la bonne humeur, la complaisance, la discrétion… Oubliez même l'humour, qui, à l'inverse de l'ironie, est toujours une forme de moquerie de soi et d'autodépréciation : votre avenir littéraire exige que vous renonciez à toutes ces politesses qui vous feraient grand tort.

Quand on vous interroge, parlez de vous longuement et avec gravité. Dites : « Mon œuvre », « Ma création ». Racontez à quel point l'enfantement de votre dernier bouquin vous a fait souffrir : un poème (ou un roman) qui vous a coûté votre livre de chair – un vrai martyre ! N'hésitez pas, au passage, à souligner comme Valéry : « La bêtise n'est pas mon fort », ou à rappeler qu'Umberto Eco ou Julian Barnes vous disait : « Non seulement vous êtes charmante, mais votre corps entier brille d'intelligence »…

Étendez-vous incidemment – et non sans afficher quelque lassitude – sur votre notoriété croissante à l'étranger : l'Institut culturel français vous réclame pour une tournée de conférences au Monomotapa, la Fondation Frick vous propose un poste de *visiting professor* dans l'Iowa ; vous hésitez : « Paris est mon oxygène »...

Et si l'on vous photographie, surtout ne souriez pas ! Jamais. Rappelez-vous le visage de marbre de Victor Hugo assis sur son rocher, la mine sévère, genre « mère supérieure fâchée », de Christine Angot, l'air sinistre et le cheveu baudelairien de Michel Houellebecq, ou la perpétuelle contraction des mâchoires de Bernard-Henri Lévy... Et Rousseau ? Sous sa toque de fourrure, vous croyez qu'il souriait, Rousseau ? Vous imaginez une Elsa Triolet débonnaire ? Une Anna de Noailles qui, sur les clichés, ne serait ni exténuée ni mélancolique ? Une Catherine Pozzi rigolote ?

En vérité, j'aurais dû, moi-même, comprendre tout cela bien plus tôt : quand, à l'occasion de la traduction en anglais d'un de mes romans, le magazine *Time* m'envoya l'un de ses photographes pour prendre quelques clichés. Pour cette séance de pose, je fus comme je suis d'ordinaire avec les photographes : plutôt aimable, donc souriante. Je m'aperçus bientôt que quelque chose irritait l'Américain. Il finit même, agacé, par me lancer sans aménité : « *Don't smile !* » Étonnée de devoir prendre l'air attristé, je murmurai : « *But why ? – You are an author*[20] », me répondit-il sans autre explication.

Il me fallut quelques années pour saisir le fond de sa pensée, que je traduirais ainsi : « Si vous ne vous prenez pas au sérieux, jeune dame, vous ne serez pas prise au sérieux, et le lecteur de *Time* se sentira floué »... Et s'il avait connu la littérature française,

20. « Ne souriez pas ! – Mais pourquoi ? – Parce que vous êtes un auteur. »

mon photographe aurait pu ajouter : « Croyez-vous que vos deux Marguerite, Duras et Yourcenar, se soient jamais sous-estimées au point de sourire pour attirer le chaland[21] ? » Bien qu'elles n'aient ni l'une ni l'autre percé précocement, elles n'ont jamais, en effet, douté de leur génie (le mot « talent » leur aurait paru faible). Persuadées que leurs facultés créatrices étaient hors du commun, elles l'ont dit. Et elles l'ont répété. Sans rire et jusqu'à intimider leurs contemporains. Imitez-les, ma chère petite, et, timide violette, jouez les fiers glaïeuls ! De la hauteur, que diable ! Du dédain !

Mais trêve de cynisme, cette sagesse des vieillards, trêve de conseils désabusés ! Un seul compte, et c'est le dernier que je vous donnerai.

Cinquièmement, écrivez

Écrivez quand même, oui, écrivez encore, écrivez sans cesse, malgré l'indifférence du public, le silence de la critique, et l'incompréhension de vos amis. Écrivez, pour les étoiles comme Cécile Sauvage, pour les palmiers comme Anne Perrier, pour le désert comme les poétesses du Liban. Car, lorsqu'ils ont été suffisamment recopiés, imprimés ou mis sur le Net,

21. Mon photographe américain ignorait sûrement que Marguerite Yourcenar, par exemple, allait jusqu'à recopier, pour la postérité, toutes les lettres qu'elle adressait à ses correspondants, de même que toutes les dédicaces des livres qui partaient de chez son éditeur quand elle signait son service de presse. Faut-il s'admirer soi-même pour s'infliger pareille corvée !

les poèmes vivent plus longtemps que les poètes. Votre corps, votre nom, auront disparu depuis des siècles quand un jour, par hasard, un curieux dénichera, au fond d'une bibliothèque en ruine, sous une épaisse couche de poussière, un exemplaire papier, ou numérique, d'une de vos œuvres. Et, soudain, on essaiera de savoir qui vous étiez, on vous lira avec intérêt, dans la surprise de l'instant on vous portera même aux nues, vous serez lancée – ou relancée : croyez-vous qu'on lisait encore Christine de Pisan et Ronsard au XVIIe siècle, ou Maurice Scève et Du Bellay au XVIIIe ? Le XXe siècle leur a donné une seconde chance. Comptez sur le XXIIe…

Et surtout, n'oubliez jamais ce qu'a écrit Sappho, cette petite phrase isolée dont le contexte est perdu, une phrase orpheline, à demi dévorée par le temps, mais que tout écrivain, tout artiste, devrait se répéter comme un mantra : *Il y aura quelqu'un, un jour, pour se souvenir de nous*.

ANTHOLOGIE

Ne figurent, dans cette anthologie, que des femmes poètes nées avant la Seconde Guerre mondiale ; les plus jeunes ne devraient être jugées qu'une fois passé le temps nécessaire à la « décantation ».

Sappho
(environ 630-580 av. J.-C.)

Vers des jeunes années :

Virginité, virginité,
où t'envoles-tu après m'avoir abandonnée ?
– Je ne reviendrai plus vers toi, je ne reviendrai plus,
À jamais je m'en suis allée…

(trad. Ernest Falconnet et trad. Marguerite Yourcenar)

§

Il me paraît égal aux dieux,
L'homme qui te regarde
Sans craindre ton sourire et tes yeux et ta voix.
Moi, sitôt que je vois ton visage,
Mon cœur bat sur mes lèvres
Et ma gorge s'étrangle.
La chaleur et le froid tour à tour m'envahissent,
Mes oreilles deviennent sourdes,
Et mes yeux sont aveugles.
Mon corps ruisselle de sueur,
Je tremble (…)
Et je sens que je meurs.

(trad. E. Falconnet, revue par F. Chandernagor)

§

SAPPHO

L'amour, hélas, a dévasté mon âme
Comme l'ouragan des montagnes
S'abat sur les jeunes chênes.

(trad. F. C.)

§

...Ma mère, ô tendre mère, ô ma mère indulgente,
Je n'ai plus rien filé, je n'ai plus rien tissé,
Car j'aime un beau jeune homme et mon cœur est blessé...

(trad. M. Yourcenar)

VERS DE LA MATURITÉ :

...Apporte ta cithare, et viens ce soir, ma rose,
Ô toi dont la présence attendrit tous mes sens !
Mon cœur s'attache à toi, et les plis caressants
De ta tunique sont assez pour m'enflammer.
Aphrodite est cruelle en nous forçant d'aimer,
Mais fasse que bientôt ses faveurs me ramènent
La plus chère à mes yeux des figures humaines...

(trad. M. Yourcenar)

§

...Rien n'est plus beau, dit l'un, qu'une imposante armée.
L'autre : rien n'est plus beau qu'une escadre en plein vent.

Pour moi rien n'est plus beau que le cœur de l'aimée
(...)
Le doux bruit de tes pas, ton beau visage tendre,
J'aimerais mieux le voir, j'aimerais mieux l'entendre
Que le char du Grand Roi et sa garde d'honneur.

(trad. M. Yourcenar)

§

...Je t'aimais, mon Attys, quand mes jeunes années,
Vierges, étaient de fleurs tendrement couronnées,
Et toi, petite enfant, gauche...

(trad. M. Yourcenar)

§

...Et je ne reverrai jamais ma douce Attys.
Mourir est moins cruel que ce sort odieux ;
Et je la vis pleurer au moment des adieux.
Elle disait : « Je pars. Partir est chose dure. »
Je lui dis : « Sois heureuse, et va, car rien ne dure.
Mais souviens-toi toujours combien je t'ai aimée.
Nous tenant par la main, dans la nuit parfumée,
Nous allions à la source ou rôdions par les landes.
J'ai tressé pour ton cou d'entêtantes guirlandes ;
La verveine, la rose et la fraîche hyacinthe
Nouaient sur ton beau sein leur odorante étreinte ;
Les baumes précieux oignaient ton corps charmant
Et jeune. Près de moi reposant tendrement,
Tu recevais des mains des expertes servantes

Les mille objets que l'art et la mollesse inventent
Pour parer la beauté des filles d'Ionie…

(trad. M. Yourcenar)

§

…Et puisses-tu dormir aux doux bras d'une amie…

(trad. M. Yourcenar)

§

…Vous vous cachiez, fillettes, au pied du laurier sombre,
Vous vous dissimuliez sous son grand manteau d'ombre,
Quand je passais, hier, allant vers la cité.
Et moi, je vous voyais, j'ai vu votre beauté,
Et ce vin du regard, je l'ai bu à longs traits. (…)
Mes yeux allaient vers vous ; et je n'entendais plus
S'échanger près de moi les propos superflus.
Ô rumeurs de l'amour, clairs et sereins attraits,
Destin dont j'ai vécu, dont il faut que je meure…
Et j'aurais approché, quand, dans votre demeure,
Vous avez disparu, repoussant les verrous…
Mais je vous vois encor, vos fronts, vos bras si doux,
Et vos clairs vêtements, aimés puisqu'ils sont vôtres,
Et j'en frémis toujours…

(trad. M. Yourcenar)

Vers de la vieillesse :

La lune et les Pléiades ont fini leur course.
Déjà !
Et me voilà moi, toujours seule dans mon lit.

(trad. F. C.)

§

…Si mon ventre aujourd'hui était encor fécond,
Si mes seins fatigués permettaient que j'allaite,
On me verrait courir, le corps et l'âme en fête,
Vers les noces, et leurs flambeaux, leur lit profond…
Mais ma face est ridée, et l'Amour doux-amer
N'approche plus de moi…

(trad. M. Yourcenar)

§

…N'insultez pas, enfants, la Muse à la voix pure
En m'offrant vos présents et vos verts diadèmes :
L'âge a ridé ma peau, et sous mes lèvres blêmes
Peu de dents tiennent bon ; quant à ma chevelure,
Ses épis noirs jadis sont aujourd'hui tout blancs.
Je ne me soutiens plus sur mes jarrets tremblants,
Moi qui jadis dansais parmi vous, ô mes sœurs,
Vive comme le faon, le plus vif des danseurs.
Mais, ô belles, qu'y puis-je ? Hélas l'ombre étoilée
Et le jour qui la suit ou bien qui la précède

Nous traînent à la mort. À la mort chacun cède.
Mais je désire encor… Mon âme désolée
Goûte encor le soleil et les fleurs printanières.
Les bêtes vont mourir au fond de leurs tanières,
Mais je veux jusqu'au bout savourer la clarté
Et vous aimer…

(trad. M. Yourcenar)

§

Quelqu'un, plus tard, se souviendra de nous.

(trad. Yves Battistini)

Née dans l'île grecque de Lesbos, Sappho était issue d'une famille aristocratique de la capitale, Mytilène. C'est là qu'elle passa toute sa vie, à l'exception de quelques années d'exil en Sicile, exil provoqué, semble-t-il, par les activités politiques de ses trois frères. Elle fut probablement mariée, puisque certains de ses vers s'adressent à sa fille ou à son gendre. Musicienne (elle jouait de la lyre), danseuse et poète, elle dirigeait un chœur de jeunes filles à caractère religieux – de préparation au mariage, dit-on… C'est parmi ces jeunes filles, toutes destinées à la quitter, qu'elle choisit les élues successives de son cœur, conférant ainsi au mot *lesbienne* (habitante de Lesbos) un sens nouveau… Très célèbre dans l'Antiquité, elle était alors « la Poétesse », comme Homère était « le Poète ».
Malheureusement, la plupart de ses nombreuses œuvres ont disparu. Ses vers ne nous sont connus que par les

citations qu'en font des auteurs postérieurs ainsi que par les brouillons d'écoliers retrouvés à la fin du XIXe siècle dans les sables d'un antique dépotoir égyptien, à Oxyrynque. Un seul poème nous est parvenu intégralement : un hymne à la déesse de l'amour, Aphrodite. Pour le reste, nous devons nous contenter de quelques vers et même, souvent, de quelques mots.

Contrairement à la légende qui veut qu'elle se soit jetée du haut d'une falaise par désespoir amoureux, Sappho vécut âgée et, ce qui est remarquable car rare dans la poésie féminine, elle osa parler de son corps vieillissant, flétri, de la persistance du désir dans un âge qui n'est plus celui des plaisirs, et du dédain des jeunes amoureuses.

Béatriz de Die
(1135-1189)

CHANSON

Grande peine m'est advenue
Pour un chevalier que j'ai eu.
Je veux qu'en tous les temps l'on sache
Avec quel excès je l'aimais.
À présent me voilà trahie.
Car je lui refusais ma foi.
J'étais pourtant en grand' folie,
Au lit comme toute vêtue !

Combien voudrais mon chevalier
Tenir un soir en mes bras nus !
Pour lui seul – il serait comblé –
Je ferais coussin de mes hanches.
Car j'en suis plus enamourée
Que ne fut Flore de Blanchefleur,
Mon cœur lui donne, et mon amour,
Mon âme, mes yeux, et ma vie.

Bel ami, charmant et plaisant,
Si retombez en mon pouvoir,
Et qu'avec vous je couche un soir
En vous donnant baisers d'amour,
Sachez quel grand plaisir j'aurais

De vous en place de mari,
Pourvu que me donniez promesse
De tout faire à mon bon vouloir.

(trad. Georges Ribemont-Dessaignes, revue par F. C.)

Née au bord du Rhône, Béatriz de Die, mariée à Guillaume, comte de Valentinois (Valence), fut la première des « troubadouresses », *trobairitz* en occitan : ainsi nommait-on alors les femmes qui s'adonnaient à la poésie chantée. Bien entendu, Béatriz écrivait en langue d'oc. Elle tomba amoureuse d'un troubadour de la région, Raimbaut d'Orange, chevalier et fils d'un grand seigneur, pour qui elle écrivit ses vers les plus sensuels. Mais Raimbaut aimait les armes, les bagarres, les batailles et les tournois. Comme son compatriote Raimbaut de Vaqueiras, il aurait pu écrire : « Courses et guerres et tournois et assauts, *fin'amor* et présents et banquets sont mes occupations. »
Pas étonnant, dès lors, que, d'après la rumeur médiévale, il n'ait pas été toujours fidèle à la comtesse de Die… On prétend même qu'il était plus amoureux de la comtesse d'Urgel – qu'il n'avait, paraît-il, jamais vue.
On remarquera, en tout cas, l'extrême liberté de propos de certaines de ces grandes dames du Moyen Âge qu'on nous présente trop souvent comme vouées à n'aimer que platoniquement leurs « chevaliers servants ». Il est vrai, aussi, que les ébats évoqués ici par Béatriz le sont au conditionnel…

Marie de France

(1160-1210)

Le lai du chèvrefeuille

(…) Des deux amants il en était
Comme il en est du chèvrefeuille
Qui au coudrier s'est uni :
Quand il s'est enlacé et pris
Et qu'autour le fût s'est mis,
Ensemble peuvent bien durer.
Mais qui les voudrait désunir
Ferait le coudrier mourir
Et le chèvrefeuille avec lui.
« Belle amie, ainsi est de nous :
Ni vous sans moi, ni moi sans vous. »

(trad. F. C.)

Marie de France, bien que née à Compiègne, vécut la plus grande partie de sa vie en Angleterre et c'est, croit-on, au roi Henri II Plantagenêt, époux d'Aliénor d'Aquitaine, qu'elle dédia ses *Douze Lais* (contes) *bretons*. Le plus célèbre, « Le Lai du chèvrefeuille » (118 vers), met en scène une rencontre secrète entre Tristan et Yseult à un moment où la jalousie du roi Marc les a séparés. Au début du poème, apprenant qu'Yseult et sa suite vont traverser la forêt où il se cache, Tristan lui tend, de derrière un buisson, une baguette de noisetier entourée de chèvrefeuille ; sur la baguette il a gravé au couteau ces mots qu'elle seule pourra lire et qui lui rappelleront leur passion : *Ni vous sans moi, ni moi sans vous.* Un vers magnifique devenu, depuis neuf siècles, la devise de tous les amoureux du monde.

Azalaïs de Porcairagues

(fin du XIIe siècle, début du XIIIe siècle)

Voici venu le temps froid

Voici venu le temps froid,
Le gel, la neige et la fange,
Quand les oiseaux se sont tus
Et qu'aucun d'eux ne gazouille ;
Les branches des haies sont sèches,
Ni fleurs ni feuilles n'y naissent,
Et le rossignol n'y chante
Comme en mai quand il m'éveille.

Mon cœur est si affligé
Qu'à tous je suis étrangère (…)
D'Orange me vient mon trouble,
Et j'en suis si égarée
Que j'y perds de mon éclat.

Dame met mal son amour
Qui aime un puissant seigneur
Au-dessus d'un vavasseur[1],
En cela elle fait folie :
Car on proclame en Velay

1. Vassal d'un vassal. Ordinairement, très petit seigneur, plus proche du paysan que du duc.

Qu'amour et pouvoir s'excluent,
Et la dame qui s'y adonne,
Je la tiens pour avilie.

Mon ami a grand' valeur
Et vaut mieux que tout seigneur,
Car son cœur n'est point tricheur (…)
Doux ami, de bonne grâce,
Je demeure votre gage,
Courtoise et de beau visage
Si ne me faites outrage ;
Quand nous viendrons à l'essai[2]
Vous me tiendrez à merci :
Vous m'avez fait la promesse
De ne pas exiger plus…

Que Dieu garde Belesgar
Avec la cité d'Orange,
Et Gloriette et château
Et le seigneur de Provence,
Et tous ceux qui là-bas m'aiment,
Et l'arc sculpté de prouesses ;
J'ai perdu celui que j'aime
Et j'en demeure dolente.

Jongleur qui a le cœur gai,
Porte là-bas vers Narbonne

2. Épreuve que la dame imposait à son ami : passer la nuit dans le même lit, nu à nue, sans aller jusqu'à accorder à « l'aimé » ce qui n'est permis qu'au mari…

Ma chanson et sa tornade
À celles qui sont joyeuses.

(trad. Pierre Bec, revue par F. C.)

Originaire de la région de Béziers, Azalaïs de Porcairagues, dont nous reste cette seule chanson, aurait été, elle aussi, éprise du troubadour Raimbaut d'Orange. C'est ainsi qu'il faudrait interpréter le vers *D'Orange me vient mon trouble*. Ce Raimbaut était décidément le Don Juan du XIIe siècle ! De son côté, le « chevalier troubadour » (à ne pas confondre avec un jongleur !) aurait composé pour Azalaïs une douzaine de chansons. Mais peut-être s'agit-il là de ces échanges purement littéraires, fréquents alors entre poètes des deux sexes ? Du reste, certains universitaires assurent que ce n'est pas de Raimbaut qu'Azalaïs était amoureuse mais du cousin de celui-ci, Guy Guerrejat. Ce qui n'est pas invraisemblable, car la poétesse critique les dames qui aiment « au-dessus d'un vavasseur » ; or Raimbaut était riche et bien né.
Le poème d'Azalaïs est entièrement écrit en heptasyllabes (vers de sept pieds) : elle aussi, comme plus tard Verlaine, « préfère l'impair »…
Surtout lorsqu'il s'agit de chanter l'amour malheureux. Et c'est bien d'une douloureuse aventure qu'il est question ici : au commencement de l'hiver, Azalaïs, revenue dans son Languedoc, se rend compte qu'elle est restée amoureuse d'un homme d'Orange. Mais elle se rassure sur son trouble car, Dieu merci, elle aime au-dessous de sa condition : comme l'exige alors l'usage social

(la *fin'amor* et le mariage ne devant se confondre en rien), le « petit chevalier » élu restera humble, soumis et même asservi. Confiante dans cet amoureux dont la naissance est médiocre mais le cœur noble, la jeune femme propose d'aller avec lui jusqu'à « l'essai » – disons, pour parler comme un sexologue contemporain, les caresses sans pénétration. Ainsi donnera-t-elle, en s'en remettant aux promesses de son amant, la plus grande preuve d'amour qu'une « Dame » puisse donner : elle sera, toute une nuit, à sa « merci »... Mais, soit que, las de ces prudences codifiées, le chevalier préfère une belle moins bien née mais plus accommodante, soit que la distance géographique qui sépare maintenant les amoureux leur semble infranchissable, Azalaïs comprend bientôt qu'elle a perdu à jamais celui qu'elle aimait ; et la fin du poème, qui évoque tristement les lieux et gens de Provence qui lui ont été familiers, prend soudain pour nous le charme mélancolique des vieilles comptines, « Orléans, Beaugency, Notre-Dame de Cléry »...

Dame Castelosa

(XIIIe SIÈCLE)

Ami, si je vous trouvais franc

Ami, si je vous trouvais franc,
Humble, avenant et prêt à la merci,
Je vous chérirais ; mais il me souvient
Qu'envers moi vous fûtes dur et félon (...).

Pourtant, vous supplier m'est doux,
Même si l'on dit qu'il ne sied point
Qu'une dame courtise un chevalier
En lui tenant trop longs et beaux discours ;
Qui parle ainsi ne connaît pas l'amour,
Car il me plaît prouver avant ma mort
Que supplier celui qui nous dédaigne
Procure encore un triste réconfort.

Bien fous sont ceux qui me reprochent
De vous aimer, tant ce m'est un plaisir,
Et qui le dit ne sait rien sur moi-même (...).

Tout autre amour, je le tiendrais pour vain,
Et, sachez-le, je n'eus jamais de joie
Qui ne me vînt de vous et m'emportât
Quand je sentais le plus peine et souffrance.
Or je voudrais toujours, sans rien changer,

Combler mon cœur de votre seul bonheur
Lors que, pour moi, je n'attends nul secours
Sinon celui que l'on trouve en dormant.

Hélas, ce doux sommeil me fuit,
J'ai trop cherché, pour mon mal et mon bien,
Votre cœur dur qui était tout pour moi.
Sans messager, je vous le dis moi-même :
Ce m'est douleur que vous ne vouliez point
M'accorder joie et me laissiez mourir.

(trad. Pierre Bec, adaptée par F. C.)

On sait peu de choses de Dame (*Na'* en occitan) Castelosa qui semble avoir vécu à la cour d'Auvergne, dont le seigneur protégeait troubadours et poètes. De la jeune troubadouresse ne restent que quatre « chansons », soit en décasyllabes (vers de dix pieds), soit en heptasyllabes. Ici ce sont des décasyllabes, mais chaque strophe est introduite par un octosyllabe (vers de huit pieds) ; la plupart des vers riment. Malgré le peu qu'il nous en reste, ces chansons durent connaître à l'époque un vif succès car il en existe un grand nombre de copies anciennes. Qui était le « chevalier » déloyal dont se plaint la poétesse ? Peut-être le troubadour Peirol, qui vivait aussi en Auvergne ; ou peut-être, et plus probablement, un amant imaginaire, pur prétexte à la plainte ou à l'exaltation – la muse en somme, si le mot existait au masculin…

Dame Castelosa

Bien entendu, Dame Castelosa et son entourage écrivaient en occitan, ce qui implique une traduction en français moderne qui, quelle qu'en soit la valeur, fait toujours perdre quelque chose du rythme, de la rime, ou du sens. Mais les thèmes abordés demeurent intéressants, en particulier dans « Ami, si je vous trouvais franc », où l'on voit la femme se complaire dans une attitude presque masochiste, alors même qu'il convient, et la poétesse le sait, que la Dame adopte toujours un comportement hautain, dédaigne ostensiblement son soupirant (généralement d'un milieu plus modeste), et, surtout, surtout, n'avoue jamais ses sentiments.

Anonyme

(XIIIe SIÈCLE)

CHANSON

Ni la neige ni la gelée
ne peuvent refroidir mon corps,
tant son amour m'a embrasée.
Je m'en plains, je pleure et soupire,
car je suis toute consacrée
à le servir.
Je devrais être mieux aimée
de celui que tant je désire
et où j'ai mis toute pensée.

Je ne sais affermir ma vie
si je n'obtiens de lui soutien,
car il me tient en son pouvoir,
lui à qui fus, suis et serai.
On aura beau me raisonner,
je n'aimerai
que celui qui seul m'émeut.
et, s'il lui plaît, il peut me tuer ! (...)

De pourchasser triste dommage,
je ne saurais me lasser.
Que jamais Dieu ne lui permette
d'aimer autre dame que moi ! (...)

Mon cœur ne peut s'en détacher
ni d'un autre attendre la joie.
Trop ont de souffrances et de peines,
les vrais amants ;
Amour n'a plus de bienveillance
envers moi qui souffre ses maux
et je n'en puis rien espérer.

Ici s'achève ma chanson
pour moi toute joie est finie,
car j'ai – plantée dedans mon corps,
et fichée au fond de mon cœur –
une racine
que nul ne peut déraciner.
Amour m'a prise en haine cruelle
parce que j'aime
et j'ai bu du breuvage amer
dont but un jour Iseut la reine.

(trad. F. C.)

Tandis que dans le Midi chantaient les troubadouresses, il existait, dans la partie nord du pays, des « trouveresses ». Lorsque les chansons conservées sont anonymes, il est difficile, toutefois, d'être certain qu'une chanson dite « de femme » a bien été écrite par une femme. Celle-là, que j'ai trouvée belle, nous est parvenue sans sa musique. Elle est en heptasyllabes, coupés parfois de vers de quatre pieds ; je l'ai traduite en octosyllabes tout en gardant ces brusques ruptures de rythme, qui font sens.

ANONYME

J'aime bien l'allusion finale à Iseut et je me demande si la poétesse n'aurait pas lu, par hasard, « Le Lai du chèvrefeuille » de Marie de France, car on trouve, dans sa chanson, une formule presque aussi « radicale » que le *Ni vous sans moi, Ni moi sans vous* ; c'est, en parlant de l'amant mal aimant qui la tient en son pouvoir, *Lui à qui fus, suis et serai*. A-t-on jamais mieux dit l'éternité des amours désespérées ?

Anonyme
(XIIIe SIÈCLE)

Ballade de la mal mariée

Mignonne suis et pourtant je soupire,
J'ai un mari que mon cœur ne désire.

Je vous dirai comment je suis éprise,
Je suis menue, jeunette et fraîche fille
Je devrais avoir un gentil mari
Qui en tous temps me fît jouer et rire.

Mignonne suis et pourtant je soupire,
J'ai un mari que mon cœur ne désire.

Dieu ne me sauve si j'en suis amoureuse !
Lui ? de l'aimer, je n'ai la moindre envie !
Quand je le vois, j'en deviens si honteuse
Que je demande à la mort de l'occire !

Mignonne suis et pourtant je soupire,
J'ai un mari que mon cœur ne désire.

Mais sachez bien que je suis décidée,
Si son amour mon ami m'a gardé…
C'est là l'espoir que je me suis donné.
Hélas, vers moi je ne le vois venir !

Mignonne suis et pourtant je soupire,
J'ai un mari que mon cœur ne désire.

(trad. Rosenberg-Tischler, revue par F. C.)

Les chansons et ballades de « mal mariées » sont très nombreuses dans la poésie populaire, tant en langue d'oc qu'en langue d'oil.
Elles sont le reflet du sort commun à la plupart des femmes d'alors, mariées contre leur gré. On les chantait si souvent dans les fêtes et les veillées que l'Église finit par y trouver à redire : considérant que ces chansons étaient bel et bien l'œuvre de femmes, elle les invita à plus de retenue...
Il faut dire que certaines chansons étaient assez coquines, et que beaucoup incitaient clairement les « mal mariées » à cocufier les vilains époux qu'on leur avait imposés !
Cette poésie populaire, plus fraîche que savante, est-elle bien de la poésie ? Je me souviens d'avoir assisté dans ma jeunesse à un débat où quelques écrivains s'opposaient sur cette question : Elsa Triolet qui était là (parce qu'Aragon y était et qu'elle ne le lâchait pas d'un pouce) trancha du petit ton sec qui était souvent le sien en dépit de la douceur de l'accent slave : « Il n'y a pas de poésie populaire. Il faut être très instruit et très savant pour construire un poème. Le peuple n'est jamais poète ! » – étonnant propos de la part d'une dame qui, le reste du temps, professait le communisme et l'amour des humbles... Je regardai Aragon, lui qui sut si bien intégrer dans ses poèmes la naïve poésie des campagnes françaises, la beauté toute simple

des noms de lieux et les refrains des vieilles chansons. Assis à côté d'Elsa, il semblait mal à l'aise et n'osait exprimer, de peur de se faire taper sur les doigts, un avis contraire à celui, si péremptoire, de sa « douce » moitié. Il se tortillait sur sa chaise, tardait à répondre. À la fin, poussé par l'organisateur, il dit seulement : « Je pense comme Elsa. » Ah, le lâche ! Lui dont toute l'œuvre disait le contraire ! C'est de ce jour-là, je crois, que je conçus de la haine pour Elsa et du mépris pour l'homme-Aragon. Mais, quant au poète, je n'ai jamais cessé de l'admirer.

La Duchesse de Lorraine

(XIIIe-XIVe SIÈCLES)

PLAINTE FUNÈBRE

Maintes fois, me priant, on m'aura demandé
Pourquoi ne chante plus, car j'en avais coutume.
C'est que je suis si loin, pour lors, de toute joie
Que je devrais rester encor plus silencieuse.
Rien ne me plairait tant que de bientôt mourir
Comme la triste reine à qui je me compare :
Didon qui fut tuée pour son amant Énée.

Ah pourquoi, mon ami, n'ai-je autrefois agi
Selon votre désir, lorsque je vous voyais ?
Les gens méchants et vils que trop je redoutais
M'ont si souvent blessée et de si près gardée
Que jamais je ne pus payer votre service.
Plus m'en repentirais, si cela se pouvait,
Qu'Adam ne fît jamais pour la pomme volée.

Ni la douce Anfélis, pour Foulques, n'aurait fait
Ce que ferais pour vous si je vous retrouvais ;
Mais ce ne sera plus, à moins que je ne meure. (…)
Aussi je veux souffrir et non plus mener joie :
Peines, pleurs et tourments, voilà ma récompense.

La Duchesse de Lorraine

Par Dieu, c'est en douleur que soudain m'a jetée
La vile et triste mort qui guerroie tout le monde.
Cette mort vous a pris, ami que j'aimais tant.
Si je suis le Phénix, c'est lasse et rebutée (…)
Et j'aurais bien du mal à me ressusciter
Tant que l'Amour de vous me tient en son pouvoir.

(trad. F. C.)

Les cours de Lorraine et de Champagne furent au Moyen Âge des pépinières de trouvères : leurs princes eux-mêmes, dont le célèbre comte Thibaut de Champagne, ne dédaignaient pas de taquiner la Muse. « Parce que, écrit Chrétien de Troyes, on sait en Lorraine plus de notes et de mots qu'en nul règne. » Parmi tous ces trouvères, il y eut des « trouveresses ». Une duchesse de Lorraine fut de celles-là.

D'elle, on ne possède plus que deux poèmes et la musique qui les accompagnait a disparu. Mais les commentateurs pensent que cette duchesse était Marguerite, fille du comte Thibaut IV de Champagne : versifier avec art était, depuis Thibaut Ier, un don de famille…

Ici, il s'agit d'une plainte funèbre, un genre littéraire alors à l'honneur, au même titre que la chanson d'aube, la chanson pieuse, la pastourelle ou la chanson d'amour. La duchesse Marguerite avait-elle perdu à la guerre un chevalier qu'elle aimait, un chevalier qui lui rendait « le service d'amour » ? Ou se borna-t-elle à sacrifier au genre codifié de la plainte ? Nous ne le saurons jamais…

Christine de Pisan
(1365-1430)

Un mariage heureux (1380-1390) :

BALLADE

Douce chose est le mariage
– Je le pourrais par moi prouver –
Pour qui a mari bon et sage
Comme Dieu me l'a fait trouver.
Loué soit celui qui voudrait
Me le sauver, car son soutien,
Je l'ai chaque jour éprouvé,
Et certes, ce doux m'aime bien.

La première nuit du mariage,
Tout aussitôt j'ai pu juger
Sa bonté, car aucun outrage
Ne tenta qui me dût blesser.
Mais avant le temps du lever
Cent fois me baisa, m'en souviens,
Sans vilenie me dérober,
Et certes, ce doux m'aime bien.

Il parlait ce tendre langage :
« Dieu m'a fait vers vous arriver,

Douce amie, et pour votre usage,
Je crois qu'il voulut m'élever. »
Ainsi ne cessa de rêver
Toute la nuit en tel maintien,
Sans autrement s'en écarter,
et certes, ce doux m'aime bien.

Prince, d'amour peut m'affoler
Quand il me dit qu'il est tout mien ;
De douceur me fait trépasser,
Et certes, ce doux m'aime bien.

(trad. F. C.)

UN ÉTERNEL VEUVAGE (1390-1430) :

Seulette suis

(BALLADE)

Seulette suis et seulette veux être.
Seulette m'a mon doux ami laissée.
Seulette suis, sans compagnon ni maître,
Seulette suis, dolente et courroucée,
Seulette suis en langueur malaisée,
Seulette suis plus que nul égarée,
Seulette suis, sans ami demeurée.

Seulette suis à porte ou à fenêtre,
Seulette suis en un angle cachée,

Seulette suis pour moi de pleurs repaître,
Seulette suis, dolente ou apaisée,
Seulette suis, et rien tant ne m'agrée,
Seulette suis en ma chambre enserrée,
Seulette suis, sans ami demeurée.

Seulette suis partout et en tout aître,
Seulette suis marchant ou arrêtée,
Seulette plus qu'autre rien terrestre,
Seulette suis de chacun délaissée,
Seulette suis durement abaissée,
Seulette suis souvent tout éplorée,
Seulette suis, sans ami demeurée.

Prince, voici ma douleur commencée :
Seulette suis, de tout deuil menacée,
Seulette suis, plus sombre que dorée,
Seulette suis, sans ami demeurée.

§

Je ne sais comment je dure…

(RONDEAU)

Je ne sais comment je dure,
Car mon triste cœur chavire
Et plaindre n'ose, ni dire
Ma douloureuse aventure,

Ma dolente vie obscure.
Rien, hors la mort, ne désire ;
Je ne sais comment je dure.

Il me faut, par couverture,
Chanter que mon cœur soupire
Et faire semblant d'en rire ;
Mais Dieu sait ce que j'endure.
Je ne sais comment je dure.

(adapté par F. C.)

§

La fille qui n'a point d'ami

À qui dira-t-elle sa peine,
La fille qui n'a point d'ami ?

La fille qui n'a point d'ami,
Comment vit-elle ?
Elle ne dort ni jour ni nuit
Mais toujours veille.
Car c'est l'amour qui la réveille
Et qui la garde de dormir.

À qui dit-elle sa pensée,
La fille qui n'a point d'ami ?

Il y en a bien qui en ont deux,
Deux, trois ou quatre !
Mais moi je n'en ai pas un seul
Pour moi ébattre.
Hélas ! mon joli temps se passe,
Mon téton commence à mollir.

À qui dit-elle sa pensée,
La fille qui n'a point d'ami ?

J'ai le vouloir si très humain
Et tel courage
Qu'aujourd'hui plutôt que demain
J'aimerais mieux en mon jeune âge
Mourir de rage
Que de vivre en un tel ennui.

À qui dit-elle sa pensée,
La fille qui n'a point d'ami ?

(adapté par F. C.)

§

De triste cœur…

(RONDEAU)

De triste cœur chanter joyeusement
Et rire en deuil c'est chose fort à faire,
De sa pensée montrer tout le contraire

Tirer des rires d'un dolent sentiment,
Ainsi me faut faire communément,
Et me convient, pour cacher mon affaire,
De triste cœur chanter joyeusement.

Car en mon cœur porte discrètement
Le deuil qui soit qui plus me peut déplaire,
Aussi me faut, pour les gens faire taire,
Rire en pleurant et, très amèrement,
De triste cœur chanter joyeusement.

(adapté par F. C.)

§

Source de pleur…

(RONDEAU)

Source de pleur, rivière de tristesse,
Flux de douleur, mer d'amertume pleine,
M'environnent, et noient en grande peine
Mon pauvre cœur qui trop sent sa détresse.

Ainsi m'entraînent et plongent dans l'onde amère,
Car, dans mon âme, coulent plus fort que Seine
Source de pleur, rivière de tristesse. (…)

(adapté par F. C.)

§

CHRISTINE DE PISAN

Je chante par couverture…

(VIRELAI)

Je chante par couverture
Mais mieux pleurerait mon œil,
Nul ne connaît le tourment
Que mon pauvre cœur endure.

Si je cache ma douleur
C'est que nul n'en a pitié ;
Plus a-t-on cause de pleurs,
Moins trouve-t-on d'amitié.

Pour ce, plainte ni murmure
Ne fais de mon triste deuil ;
Je ris quand je veux pleurer
Et sans rime et sans mesure,
Je chante par couverture.

Car il ne rapporte rien
De se montrer affligé :
Ils le tiennent pour sottise,
Ceux qui restent enjoués !

Je n'ai cure de montrer
La vérité de mon âme,
Mais, autant que je le peux,
Pour sceller ma peine obscure
Je chante par couverture.

(adapté par F. C.)

§

La douceur du joli mois de mai

(BALLADE)

Or est venu le très gracieux mois
De Mai le gai, qui a tant de douceurs,
Où les vergers, les buissons et les bois
Sont tout chargés de verdure et de fleurs,
Et toute chose ici s'épanouit.
Parmi ces champs si fleuris et verdis,
Tout me dérange et trouble ma pensée
Par la douceur du joli mois de Mai.

Les oisillons chantent à plein gosier,
Tout se contente en parfaite harmonie
Hors moi, hélas ! qui souffre trop d'ennuis,
Pour ce que loin je suis de mes amours ;
Et rien ne peut me donner du plaisir.
Mais plus est gai le temps, plus je m'ennuie,
Et mieux connais l'amertume et l'envie
Dans la douceur du joli mois de Mai.

Alors me faut, en pleurant, regretter
Celui, si beau, dont je n'ai nul secours ;
Et mieux connais les cruels maux d'amour,
Les blessures, les assauts et les tours,
En ce doux temps, que je n'avais jamais

Fait en ma vie ; car voici que m'égare
Le grand désir dont je suis enflammée
Pour la douceur du joli mois de Mai.

(trad. F. C.)

Née à Venise, Christine de Pisan grandit à la cour de France où son père était médecin et astrologue. Mariée dès ses quinze ans à Étienne de Castel, notaire du roi issu d'une famille noble, elle semble avoir été très heureuse en ménage ; de son « doux » mari elle eut trois enfants, mais à peine atteignait-elle l'âge de vingt-cinq ans qu'elle devint veuve. Elle ne s'en consola jamais et sa poésie dit, mieux que toute autre, la douleur de la solitude.
Cependant, pour plaire à la cour, elle n'abusa pas de son malheur et continua de chanter le joli mai, « fleur de printemps, muguet et fleur d'amours », les bergerettes et les pastoureaux, et composa nombre de « Jeux à vendre » – duos entre un chevalier et sa dame qui s'offrent à tour de rôle des fleurs dont ils commentent les vertus en lien avec leurs sentiments. Elle publia aussi nombre d'écrits politiques ou philosophiques ainsi qu'une biographie de Charles V. Ralliée au petit « roi de Bourges » (Charles VII), elle fut la première véritable « femme de lettres », capable de faire vivre par ses seuls ouvrages toute une maisonnée (outre ses enfants, elle avait sa vieille mère et une nièce à charge). Son dernier écrit fut à la gloire de Jeanne d'Arc, lors de la libération, en 1429, de la ville d'Orléans.
Elle mourut en 1430 au monastère de Poissy, où elle s'était retirée auprès de sa fille qui y était religieuse. Toute

l'Europe lettrée connaissait alors et célébrait le grand talent de Christine… Puis elle passa auprès des messieurs des siècles suivants pour une féministe et un horrible « bas-bleu », et, la chose est difficile à croire, il fallut attendre la seconde moitié du XXe siècle pour la redécouvrir !

Marguerite de Navarre
(1492-1549)

DIZAIN

Un ami vif vint à la dame morte,
Et, par prière, il la pensa tenter
De la vouloir aimer de même sorte,
Il la pressa jusqu'à la tourmenter ;
Elle ne dit mot. Donc, pour se contenter,
Il essaya de l'embrasser au corps.
Contrainte fut la Dame dire alors :
« Je vous supplie, ô Ami importun,
Laissez les morts ensevelir les morts,
Car morte je suis pour tous, sauf pour un. »

Marguerite, reine de Navarre, était la sœur, très aimée, de François Ier. Elle avait reçu, comme lui, l'éducation savante des princes. Elle fut au cœur de la vie littéraire et intellectuelle de son temps. Elle protégeait les réformateurs de l'Église – qui n'étaient pas encore les Réformés (les protestants) que certains deviendraient. Elle sauva Clément Marot, accusé d'avoir « mangé gras » pendant le Carême… Dans la petite cour qu'elle tenait à Nérac au bord de la Baïse, elle accueillit de nombreux écrivains et des penseurs humanistes. Elle-même écrivait avec talent. Outre des poèmes (ses « Dizains »), elle laissa un célèbre recueil de nouvelles – des nouvelles plutôt coquines : *L'Heptaméron*.

Pernette du Guillet

(1520-1545)

RIMES

(…) Quand vous me voyez toujours celle
Qui pour vous souffre, et son mal cèle,
Me laissant par lui consumer,
Ne me devez-vous bien aimer ?

Quand vous voyez que, pour moins belle,
Je ne prends contre vous querelle,
Mais pour mien vous veux réclamer,
Ne me devez-vous bien aimer ?

Quand pour quelque autre amour nouvelle
Jamais ne vous serai cruelle,
Sans aucune plainte former,
Ne me devrez-vous bien aimer ?

Quand vous verrez que sans cautelle
Toujours vous aurais été telle
Que le temps pourra affermer,
Ne me devrez-vous bien aimer ?

§

Point n'est besoin que plus je me soucie
Si le jour meurt, ou que vienne la nuit,
Nuit hivernale et sans lune obscurcie :
Car, de cela, rien certes ne me nuit
Puisque mon Jour[1] par clarté adoucie
M'éclaire toute, si bien qu'à la minuit
En mon esprit me fait apercevoir
Ce que mes yeux ne surent jamais voir.

(trad. F. C.)

§

Je suis la Journée,
Vous, Ami, le Jour,
Qui m'a détournée
Du fâcheux séjour.
D'aimer la Nuit, certes je ne veux point,
Pour ce qu'à vice elle vient toute à point :
Mais à vous toute être,
Certes je veux bien,
Pour ce qu'en votre être
Ne gît que tout bien (...).

§

Pour contenter celui qui me tourmente
Chercher ne veux remède à mon tourment :
Car, en mon mal, voyant qu'il se contente,
Contente suis de son contentement.

1. Pernette surnommait « Mon Jour » celui qu'elle aimait.

§

Le grand désir du plaisir admirable
Se doit nourrir par un contentement
De souhaiter chose tant agréable.
Qui tout esprit peut ravir doucement.
    Ô que le fait doit être grandement
Délicieux, quand, pour pareille envie,
On veut mourir s'il ne vient promptement !
Mais ce mourir engendre une autre vie.

(adapté par F. C.)

§

Méchantes rumeurs

Qui dira ma robe fourrée
De la belle pluie dorée
Qui Daphné enclose ébranla :
Je ne sais rien moins que cela.

Qui dira qu'à plusieurs je tends
Pour en avoir mon passe-temps,
Prenant mon plaisir çà et là :
Je ne sais rien moins que cela.

Pernette du Guillet

Qui dira que t'ai révélé
Le feu longtemps en moi celé
Pour en toi voir si force il a :
Je ne sais rien moins que cela.

Qui dira que d'ardeur commune
Qui les jeunes gens importune,
De toi je veux… et puis holà !
Je ne sais rien moins que cela.

Mais qui dira que la vertu,
Dont tu es richement vêtu,
En ton amour m'étincela :
Je ne sais rien mieux que cela.

Mais qui dira que d'amour sainte
Chastement au cœur suis atteinte,
Qui mon honneur onc ne foula :
Je ne sais rien mieux que cela.

§

Je ne crois point ce que vous dites :
Que tant de bien me désiriez,
Comme à celle pour qui vous faites
Ce que pour moi faire devriez.

Mais quelle plus estimeriez ?
Celle qui, d'un cœur tremblant,
N'ose dire ce que voudriez,
Ou celle qui parle en mentant ?

(adapté par F. C.)

§

Si ne suis telle que je fus hier
Prenez-vous en au temps qui m'a appris
Qu'en me traitant rudement, comme maître,
Jamais sur moi ne gagnerez le prix.
Et cependant, vous voyant toujours pris
En mon amour, votre ardeur me convie (…)
À demeurer vôtre toute ma vie.

(adapté par F. C.)

Lyonnaise, la belle Pernette connut à seize ans le poète lyonnais Maurice Scève, de vingt ans son aîné, dont elle devint « l'écolière » et qu'elle chanta, comme lui la chantait sous le nom de Délie. On ignore si cet amour, résolument littéraire, alla jamais jusqu'à la consommation… D'autant que, très tôt, à dix-huit ans, Pernette avait épousé, pour obéir à sa noble famille, M. du Guillet. Elle mourut à vingt-cinq ans, n'ayant encore rien publié. Ce fut son mari qui, en 1545, réunit à titre posthume les vers un peu disparates qu'elle laissait, ouvrage qu'il intitula sobrement *Rimes de gentille Dame Pernette du Guillet*, lequel ouvrage fut réédité en 1546. Pernette s'était toujours jugée « de chétive parole » et se plaignait auprès de son célèbre « maître » :

PERNETTE DU GUILLET

Prête-moi donc ton éloquent savoir,
Pour te louer autant que tu me loues.

En vérité, sa poésie, plus sensible et plus naturelle que celle de Maurice Scève, me semble infiniment supérieure à celle de son professeur… Et c'est grand dommage pour la littérature que cette « petite écolière » si douée soit morte à vingt-cinq ans.

Louise Labé
(v. 1524-v. 1566)

SONNETS

Baise m'encor, rebaise-moi et baise :
Donne m'en un de tes plus savoureux,
Donne m'en un de tes plus amoureux :
Je t'en rendrai quatre plus chauds que braise.

Las, te plains-tu ? çà, que ce mal j'apaise
En t'en donnant dix autres doucereux.
Ainsi, mêlant nos baisers tant heureux,
Jouissons-nous l'un de l'autre à notre aise.

Lors double vie à chacun en suivra.
Chacun en soi et son ami vivra.
Permets, m'Amour, penser quelque folie :

Toujours suis mal, vivant discrètement,
Et ne me puis donner contentement,
Si hors de moi ne fais quelque saillie.

(Sonnet XVIII)

§

Je vis, je meurs : je me brûle et me noie.
J'ai chaud extrême en endurant froidure :

La vie m'est et trop molle et trop dure.
J'ai grands ennuis entremêlés de joie.

Tout à un coup je ris et je larmoie,
Et en plaisir maint grief tourment j'endure :
Mon bien s'en va et à jamais il dure :
Tout en un coup je sèche et je verdoie.

Ainsi Amour inconstamment me mène :
Et quand je pense avoir plus de douleur,
Sans y penser je me trouve hors de peine.

Puis, quand je crois ma joie être certaine
Et être au haut de mon désiré heur,
Il me remet en mon premier malheur.

(Sonnet VIII)

§

Ô beaux yeux bruns, ô regards détournés,
Ô chauds soupirs, ô larmes épandues,
Ô noires nuits vainement attendues,
Ô jours luisants vainement retournés,

Ô tristes plains, ô désirs obstinés,
Ô temps perdu, ô peines dépendues,
Ô mille morts en mille rets tendues,
Ô pires maux contre moi destinés.

Ô ris, ô front, cheveux, bras, mains et doigts,
Ô luth plaintif, viole, archet et voix :
Tant de flambeaux pour ardre une femelle ! (...)

(Sonnet II)

§

Ne reprenez, dames, si j'ai aimé :
Si j'ai senti mille torches ardentes,
Mille travaux, mille douleurs mordantes :
Si en pleurant j'ai mon temps consumé,

Las, que mon nom n'en soit par vous blâmé.
Si j'ai failli, les peines sont présentes,
N'aigrissez point leurs pointes violentes :
Mais estimez qu'Amour à point nommé

(...) Pourra, s'il veut, plus vous rendre amoureuses,

En ayant moins que moi d'occasion,
Et plus d'étrange et forte passion.
Mais gardez-vous d'être plus malheureuses !

(Sonnet XXIV)

§

Oh, si j'étais en ce beau sein ravie
De celui-là pour lequel vais mourant,
Si avec lui vivre le demeurant
De mes courts jours ne m'empêchait Envie.

Si m'accollant me disait : « Chère amie,
Contentons-nous l'un l'autre » ! (...)

Si, de mes bras le tenant accollé,
Comme du lierre est l'arbre encercelé,
La mort venait, de mon aise envieuse,

Lorsque suave, plus il me baiserait
Et mon esprit sur ses lèvres fuirait,
Bien je mourrais : plus que vivante, heureuse.

(Sonnet XIII)

§

Tout aussitôt que je commence à prendre
Dans le mol lit le repos désiré,
Mon triste esprit, hors de moi retiré,
S'en va vers toi incontinent se rendre.

Lors m'est avis que dedans mon sein tendre
Je tiens le bien où j'ai tant aspiré (...).

Ô doux sommeil, ô nuit à moi heureuse !
Plaisant repos, plein de tranquillité,
Continuez toutes les nuits mon songe :

Et si jamais ma pauvre âme amoureuse
Ne doit avoir de bien en vérité,
Faites au moins qu'elle en ait en mensonge.

(Sonnet IX)

§

On voit mourir toute chose animée
Lorsque, du corps, l'âme subtile part :
Je suis le corps, toi la meilleure part :
Où es-tu donc, ô âme bien-aimée ? (...)

(Sonnet VII)

§

Quelle grandeur rend l'homme vénérable ?
(...) Qui est des yeux le plus emmielleur ?
Qui fait plus tôt une plaie incurable ?

Quel chant est plus à l'homme convenable ?
Qui plus pénètre en chantant sa douleur ? (...)

Je ne voudrais le dire assurément,
Ayant Amour forcé mon jugement :
Mais je sais bien, et de tant je m'assure,

Que tout le beau que l'on pourrait choisir
Et que tout l'art qui aide la nature
Ne me sauraient accroître mon désir.

(Sonnet XI)

§

(...) Les Nymphes jà en mille jeux s'ébattent
Au clair de lune et, dansant, l'herbe abattent :
Veux-tu, Zéphyr, de ton heur me donner,

Et que, par toi, toute me renouvelle ?
Fais mon soleil devers moi retourner
Et tu verras s'il ne me rend plus belle.

(Sonnet XV)

§

Tant que mes yeux pourront larmes épandre
À l'heur passé avec toi regretter ;
Et qu'aux sanglots et soupirs résister
Pourra ma voix un peu se faire entendre ;

Tant que ma main pourra les cordes tendre
Du mignard luth pour tes grâces chanter,
Tant que l'esprit voudra se contenter
De ne vouloir rien fors que toi comprendre,

Je ne souhaite encore point mourir.
Mais quand mes yeux je sentirai tarir,
Ma voix cassée et ma main impuissante

Et mon esprit en ce mortel séjour
Ne pouvant plus montrer signe d'amante :
Prierai la mort noircir mon plus clair jour.

(Sonnet XIV)

§

Ô longs désirs, ô espérances vaines,
Tristes soupirs, et larmes coutumières
À engendrer de moi maintes rivières,
Dont mes deux yeux sont sources et fontaines (…).

Car je suis tant navrée en toutes parts,
Que plus en moi une nouvelle plaie
Pour m'empirer ne pourrait trouver place.

(Sonnet III)

Si l'existence de Pernette du Guillet n'a jamais été mise en doute, il en va autrement de Louise Labé, sur laquelle on sait peu de choses, sinon qu'elle aussi était lyonnaise. Lorsqu'en 1555 parut chez le meilleur imprimeur-éditeur de la ville, Jean de Tournes, un recueil qui comprenait, outre un « Débat d'Amour et de Folie », trois élégies et vingt-quatre sonnets, la page de garde portait une simple indication, sous un joli portrait : « Louise Labé, Lyonnaise ». L'ouvrage fut réédité l'année suivante, « revu et corrigé par elle-même ». Il comprenait vingt-quatre éloges de Louise (autant que de sonnets) écrits par des poètes du très actif cénacle lyonnais réuni autour de Maurice Scève. Certains de ces éloges étaient signés, d'autres anonymes, mais tous semblaient répondre à l'injonction qu'avait lancée Clément Marot de passage à Lyon : « Louez Louise ! » Louise disparut dans les années 1560, à peu près en même temps que Maurice Scève, et elle mourut aussi discrètement qu'elle était née quarante ans plus tôt.

Mais, au vrai, qui était-elle ? Selon les uns, la fille ou la veuve d'un riche cordier de Lyon – d'où son surnom ultérieur de « Belle Cordière ». Pour d'autres, il s'agirait d'une courtisane – non pas, bien sûr, une prostituée de bas étage, mais l'une de ces femmes entretenues, de ces « courtisanes honnêtes » dont la mode venait d'Italie et allait bientôt triompher à Paris avec Marion Delorme ou Ninon de Lenclos : des femmes cultivées, gracieuses, bonnes musiciennes, bonnes danseuses, issues d'une petite noblesse ou d'une bourgeoisie déclassées ; elles se plaisaient à rassembler autour de leur « payeur » une petite cour de poètes, d'artistes et de jeunes seigneurs.
Au « payeur » elles accordaient leurs tendresses tarifées, mais, d'un poète ou d'un autre, elles faisaient volontiers leur « caprice »... Le « caprice » de Louise aurait été, dit-on, Olivier de Magny, poète estimé en son temps et membre éminent du petit cénacle lyonnais.
Ce peu que l'on sait de Louise, et le talent très maîtrisé, plus technique que spontané, que révèle sa poésie, ont incité récemment quelques universitaires à ne voir en elle qu'une « créature de papier », une femme à demi imaginaire, comme l'était la Laure de Pétrarque.
À l'analyse, cette thèse ne me semble guère convaincante. « Laure » n'est en effet qu'un prénom autour duquel Pétrarque a rassemblé les sentiments éprouvés peut-être pour l'Avignonnaise Laure de Sade (une identification qui ne fut proposée que deux siècles plus tard) mais plus sûrement pour des dames diverses, desquelles il eut d'ailleurs à Avignon deux enfants naturels... Laure a donc tout d'une muse imaginaire. Mais ce n'est pas un auteur imaginaire : Pétrarque la chante, ce n'est pas elle qui chante Pétrarque. Ce procédé

littéraire de la « muse fictive », du personnage présenté comme une personne, est vieux comme le monde. Déjà les poètes latins, voulant prouver au lecteur la profondeur de leurs sentiments et leur fidélité amoureuse, projetaient sur une même et unique « mystérieuse dame » leurs aventures multiples : ainsi naquirent la « Lesbie » de Catulle ou la « Cynthia » de Properce.

Tout autre chose est de faire vivre une poétesse inventée, de la doter d'une œuvre. En fait, il faut attendre l'extrême fin du XIXe siècle pour voir attribuées à une poétesse imaginaire des poèmes écrits par un homme : il s'agit des *Chansons de Bilitis*, présentées comme écrits par une Grecque de l'Antiquité et prétendument traduits, en 1894, par un jeune helléniste de vingt-quatre ans. En réalité, il s'agissait d'un pastiche génial écrit par le poète Pierre Louÿs. Le procédé est donc très tardif. En outre, bien qu'il n'y eût alors qu'une seule personne dans le secret (Pierre Louÿs lui-même) et qu'une partie de la critique eût d'abord été abusée, la supercherie fut vite éventée et avouée.

Rien de tel dans le cas de Louise Labé. Or, une vingtaine de « faussaires » complices – ceux-là même qui, un an plus tard, écriraient les vingt-quatre *Éloges* – auraient-ils pu garder si longtemps le secret ? Certes, on reconnaît bien ici ou là, chez Louise, quelques vers ou métaphores empruntés à ses amis – mais il s'agit soit des indices d'une collaboration intermittente, soit, le plus souvent, de poncifs qu'on trouve chez tous les poètes du temps. D'ailleurs, la notion de plagiat n'existant pas à l'époque, chacun prend, comme dit Montaigne, « son bien où il le trouve ».

Certes aussi, on trouve sous la plume de Louise quelques « gaillardises » qui semblent à certains ne pouvoir être que

masculines : c'est oublier qu'une courtisane, si courtisane il y eut, est rarement bégueule, qu'elle vit au milieu des hommes (aucune femme « convenable » ne se risquerait dans son salon) et que le langage de ses hôtes peut finir par déteindre ; c'est oublier surtout que les dames de la Renaissance, même quand elles vivaient à la cour, étaient, comme le disait leur contemporain Brantôme, des dames « galantes » (nous dirions « libérées ») et qu'elles ne dédaignaient pas, même reines ou princesses, d'écrire des « gaillardises » (voir à ce propos les œuvres de Marguerite de Navarre, sœur de François Ier).
Certes, enfin, Louise pratiqua avec une grâce supérieure des exercices de style qu'affectionnaient aussi les hommes de lettres du petit cénacle réunis autour de Maurice Scève : le poème antithétique par exemple (*Je vis, je meurs ; je me brûle et me noie*, etc.), mais a-t-elle eu, pour autant, besoin de leur plume ? Ce type d'exercice poétique se pratiquait en fait depuis plus d'un siècle, et il avait déjà beaucoup diverti la petite cour de poètes du prince Charles d'Orléans ; le modèle imposé était alors « Je meurs de soif auprès de la fontaine » et Villon lui-même s'y était essayé. Si donc Louise Labbé disposait de quelques vieux livres, elle n'avait guère besoin qu'Olivier de Magny lui guidât la main…
Admettons-le : dans l'histoire de la poésie française, Louise Labé, par son génie en quelque sorte « déplacé », apparaît comme un personnage étonnant, improbable même. Mais si l'on me contait la vie d'Arthur Rimbaud (fils d'un cultivateur ardennais, devenu contremaître à Chypre, puis marchand d'armes en Abyssinie) sans pouvoir me prouver qu'il fut aussi, avant de se taire définitivement, l'auteur à seize ans du « Bateau ivre », ou, à vingt, d'*Une saison en enfer*, ne croirais-je pas avoir affaire à une supercherie ?

Catherine des Roches
(1550-1587)

SONNET

Bouche dont la douceur m'enchante doucement
Par la douce faveur d'un honnête sourire,
Bouche qui soupirant un amoureux martyre
Apaisez la douleur de mon cruel tourment !

Bouche, de tous mes maux le seul allégement,
Bouche qui respirez un gracieux zéphyr(e) :
Qui les plus éloquents surpassez à bien dire
À l'heure qu'il vous plaît de parler doctement ;

Bouche pleine de lys, de perles et de roses,
Bouche qui retenez toutes grâces encloses,
Bouche qui recelez tant de petits amours,

Par vos perfections, ô bouche sans pareille,
Je me perds de douceur, de crainte et de merveille
Dans vos ris, vos soupirs et vos sages discours.

§

Quand je suis de vous absente…

Quand je suis de vous absente,
Sincero, mon beau soleil,
Je n'ai rien qui me contente,
La nuit je perds le sommeil,
Le jour je fuis la lumière ;
Et mes tristes yeux enclos,
Prisonniers de la paupière,
Ne sont jamais en repos.

(…) Je suis tant mélancolique
Que les plus gracieux sons
Et la plus douce musique
M'ennuient de leurs chansons.
Je ne veux ouïr personne
Pour discourir ou parler (…)

(…) Mes compagnes qui s'ennuient
De mon amoureux émoi,
Toutes dépitées s'enfuient
Et se retirent de moi.

Jamais on ne me voit rire,
Jamais on ne me voit chanter,
Incessamment je soupire
Et ne fais que lamenter ;
Je n'ai bien, plaisir ni joie,

Catherine des Roches

Sincero, mon cher souci,
Jusqu'à ce que je vous voie.
Je serai toujours ainsi.

Les dames Des Roches – Madeleine, la mère, et Catherine, la fille – tenaient un salon littéraire à Poitiers. Ce salon n'eut jamais la renommée du cénacle lyonnais, ni les dames Des Roches le talent de Louise Labé ou de Pernette du Guillet. Cependant, l'existence de ce petit groupe mixte montre à quel point, dans toute la France, la poésie semblait alors s'ouvrir aux femmes.
Catherine Des Roches, qui avait refusé de se marier pour ne pas quitter sa mère, mourut le même jour qu'elle, lors d'une épidémie.

Anne de La Vigne
(1634-1684)

MADRIGAL

Tircis vous apprend des chansons
Où le cœur s'intéresse,
On dit qu'il y joint des leçons
Qui parlent de tendresse.
Fuyez ce charme séducteur,
C'est un plaisir funeste :
L'oreille est le chemin du cœur,
Et le cœur l'est du reste.

§

Sur le présent mystérieux d'une lyre

(...) Que ne la gardiez-vous cette lyre galante,
Généreux inconnu ? Pourquoi me la donner ?
Ah, c'est sous votre main délicate et savante
Qu'elle doit résonner.

Du moins, pour me la rendre encore plus précieuse,
Il fallait à mes yeux soudain vous découvrir

Et ne pas me cacher cette main généreuse
Qui daignait me l'offrir. (...)

Pour vous, je le promets, j'aurai de la tendresse
Pourvu que vous vouliez bientôt vous présenter :
Peut-être est-il des gens qui, par cette promesse,
Se laisseraient tenter ?

Croyez-moi, montrez-vous tandis qu'à vous
   connaître
On me voit employer mille soins superflus :
Vous viendrez, par malheur, vous découvrir
   peut-être
Quand je ne voudrai plus.

Honteuse, quelque jour, de me voir engagée
À la tendre amitié qu'aujourd'hui je promets,
Je crains de souhaiter, dans mon âme changée,
De ne vous voir jamais.

Déjà de ma promesse en secret je soupire.
Je sens qu'à la tenir il y va trop du mien.
Et si vous me laissez le temps de m'en dédire,
Je ne réponds de rien.

§

La passion vaincue
(sonnet)

La bergère Liris, sur le bord de la Seine,
Se plaignait l'autre jour d'un volage berger :
Après tant de serments, peux-tu rompre ta chaîne ;
Perfide, disait-elle, oses-tu bien changer ?

Puisqu'au mépris des dieux tu peux te dégager,
Que ta flamme est éteinte et ma honte certaine ;
Sur moi-même, de toi je saurai me venger
Et ces flots finiront mon amour et ma peine.

À ces mots, résolue à se précipiter,
Elle hâta ses pas et, sans plus consulter,
Elle allait satisfaire une fatale envie ;

Mais bientôt, s'effrayant des horreurs de la mort :
Je suis folle, dit-elle en s'éloignant du bord,
Il est tant de bergers, et je n'ai qu'une vie !

§

chanson (sur l'abbé Testu)

L'aventure est trop ridicule
Pour ne pas la faire savoir :

Il offrait à dame incrédule
Sa chandelle, et la faisait voir.
Sans s'émouvoir, sans s'émouvoir,
La fillette tira sa mule
Et la fit servir d'éteignoir.

Au lieu de venger cette injure
Les Amours, à malice enclins,
Riaient entre eux de l'aventure
Du doyen des abbés blondins.
Ces dieux badins, ces dieux badins,
Disaient : Vois-tu la coiffure
Qu'on a mise au dieu des jardins[1] ?

Anne de La Vigne était la fille d'un médecin du roi. Enfant précoce (on disait qu'elle avait été « allaitée par les Muses »), elle montra très tôt un goût particulier pour la philosophie (Descartes était son auteur favori) et un talent certain pour la poésie – du moins pour ce qu'on appelait « poésie » après le passage stérilisant de Malherbe et de Boileau.
Les Parisiens surnommèrent bientôt Anne de La Vigne « l'écolière des Muses ». Jolie et pleine d'esprit, elle eut un cercle d'admirateurs : admise dans les salons du Marais réunis autour des célèbres Précieuses (attention, qui dit

1. Priape était, dans le monde antique, le dieu des jardins ; aussi, pour protéger vergers et potagers, les Romains avaient-ils l'habitude de représenter, à l'entrée de ces jardins, Priape sous sa forme la plus expressive : un énorme sexe masculin.

« Précieuses » ne dit pas « puritaines »), elle devint l'intime amie de la romancière à succès d'alors, Mademoiselle de Scudéry, fort occupée à dresser avec ses amis la « Carte du Tendre ». Dans ce siècle de la Raison, l'amour n'a plus grand-chose à voir avec la passion : c'est le triomphe du badinage, du madrigal bien tourné. Anne de La Vigne y excelle, autant, et parfois mieux, que les hommes du même milieu, les Voiture, les Malleville, les Benserade, qui, eux, ont encore l'honneur de nos manuels scolaires...
Par Madeleine de Scudéry, Anne de La Vigne connut Pellisson et Ménage, poète galant très attaché, lui, à Madame de La Fayette. On peut parier sans grand risque qu'Anne connut aussi Madame de Sévigné. Et elle fréquenta l'abbé Testu, abbé de cour, qui fut par ailleurs, sa vie durant, un grand ami de Madame de Montespan et de la jeune Françoise Scarron, devenue plus tard marquise de Maintenon.
C'est pourquoi je n'ai pu résister à faire figurer dans ce recueil la chanson d'Anne de La Vigne sur cet abbé, que je découvre ici exhibitionniste et coureur de jupons mais que je savais déjà, depuis longtemps, inventeur du bidet, appareil que l'on date à tort du XVIIIe siècle : c'est au XVIIIe, en effet, qu'on en trouve les premières représentations picturales (ah, les petits Boucher !) ; mais, vers 1680, dans une lettre à son frère Charles, Madame de Maintenon donne déjà, de ce qu'elle nomme « la chaise de l'abbé Testu », une description qui ne laisse guère de doute : c'est une chaise, écrit-elle, sur laquelle on s'assied à califourchon et « où l'on a de l'eau jusqu'aux entrailles ». Ladite chaise comportait probablement encore un dossier sur lequel on s'accoudait, comme on

faisait avec les « chaises de jeu ». En tout cas, lorsqu'on lit toute la lettre de la seconde épouse du roi de France, on comprend que l'usage régulier de la « chaise de l'abbé Testu » n'avait pour fin ni une bonne hygiène ni la contraception (comme au XIXe siècle), mais la prévention (ou le traitement) des hémorroïdes...

Ce grand point d'histoire rétabli, je me dois tout de même de signaler que, pas plus que l'abbé Testu, ami des Précieuses, ne se complut dans les polissonneries, Anne de La Vigne n'écrivit que des poèmes galants et des chansons coquines : elle pouvait, comme ses confrères masculins, donner aussi dans le « grand genre » et composa, notamment, une ode intitulée « Monseigneur le Dauphin au Roy » qui eut, en son temps, beaucoup de succès et lui valut une récompense royale.

« L'écolière des Muses », qui n'avait jamais eu une très bonne santé, mourut de la douloureuse « maladie de la pierre » (coliques néphrétiques).

Anonyme

(XVIIe siècle)

À la claire fontaine

À la claire fontaine
M'en allant promener
J'ai trouvé l'eau si belle
Que je m'y suis baignée.
Il y a longtemps que je l'aime,
Jamais je ne l'oublierai…

Sous la feuille d'un chêne,
Je me suis fait sécher.
Sur la plus haute branche,
Un rossignol chantait.
Il y a longtemps que je l'aime
Jamais je ne l'oublierai…

Chante, rossignol, chante
Toi qui a le cœur gai.
Tu as le cœur à rire,
Moi, je l'ai à pleurer.
Il y a longtemps que je l'aime,
Jamais je ne l'oublierai…

J'ai perdu mon ami
Sans l'avoir mérité,

Pour un bouton de rose
Que je lui refusai.
Il y a longtemps que je l'aime,
Jamais je ne l'oublierai…

Je voudrais que la rose
Fût encore au rosier
Et que mon ami Pierre
Fût encore à m'aimer.
Il y a longtemps que je l'aime
Jamais je ne l'oublierai…

Née en France au XVIIe siècle, cette chanson gagna le Québec avec les premiers colons, où elle devint, au siècle suivant, une sorte d'hymne national – on en connaît près de cinq cents variantes. Il s'agit ici du texte original, qu'on présente dans deux versions, selon que le chanteur est un homme ou une femme. Il suffit, en effet, de changer trois ou quatre mots pour disposer d'une version féminine (avec *mon ami Pierre* et le *bouton de rose*) et d'une version masculine (avec *ma douce amie* et *un bouquet de roses*). La plus ancienne est certainement la version féminine, du fait de l'allusion sexuelle à peine cryptée au *bouton de rose* : beaucoup de chansons populaires et de poèmes de cette époque content des ruptures amoureuses dues au refus par la jeune fille de sa « fleur », sa « rose » ou son « bouton ». Je ne connais en revanche, dans toute la chanson populaire française, qu'un seul exemple de garçon rejeté (ou réprimandé) pour avoir refusé sa « fleur » à une belle : il s'agit de « Trois jeunes

tambours ». Encore n'y parle-t-on pas de tout un bouquet ! La symbolique sexuelle se perdrait alors au milieu d'un sac d'épines !
De cette antériorité de la version féminine reste d'ailleurs, au vers suivant, une preuve certaine : bien que maintenu tel quel dans la version masculine, ce vers fait, en effet, de nouveau allusion à une seule fleur (la « fleur » virginale), et non à un bouquet.
Parce que c'est une fille abandonnée qu'on entend se plaindre ici, doit-on pourtant en déduire que l'auteur de ces strophes était une dame ?
Pas forcément. Mais comme il n'y a pas non plus la moindre raison de penser que les hommes furent seuls à inventer des chansons populaires (les bergères chantaient aussi beaucoup, au pré, sur les chemins et dans les veillées), on peut bien de temps en temps attribuer quelques plaintes féminines anonymes... à une femme !

Anonyme
(XVIIIe siècle)

Adieu foulards

Adieu foulards, adieu madras,
Adieu robe soie et collier chou,
Doudou à moin, li qu'a pa'ti,
Hélas, hélas, c'est pour toujours
Doudou à moin, li qu'a pa'ti,
Hélas, hélas, c'est pour toujours.

Bonjour, Missié li gouverneur,
Moin vinir faire une pétition
Pour mander autorisation
Laisser Doudou à moin ici,
Pour mander autorisation
Laisser Doudou à moin ici.

Non, non, Mam'zelle,
Il est trop tard,
Le navire est sur la bouée,
Non, non, non, non,
Déjà trop tard,
Dans un instant il va appareiller,
Non, non, non, non
Déjà trop tard,
Dans un instant il va appareiller.

Adieu foulards, adieu madras,
Adieu grains d'or et collier chou,
Doudou à moin, li qu'a pa'ti,
Hélas, hélas, c'est pour toujours,
Doudou à moin, li qu'a pa'ti,
Hélas, hélas, c'est pour toujours…

L'auteur de cette berceuse créole du XVIIIe siècle est, bien entendu, inconnu. Selon les uns, la chanson serait d'origine martiniquaise, selon les autres, guadeloupéenne. On a avancé plusieurs noms d'auteurs potentiels, généralement parmi les officiers français en poste aux Antilles. Quelques-uns en tiennent aussi pour le marquis de Bouillé, qui fut gouverneur, successivement, de la Martinique et de la Guadeloupe. On a même osé avancer une date : 1759 !… En vérité, nous n'en savons rien ; et puisqu'il s'agit d'une plainte féminine et, au surplus, d'une berceuse, pourquoi l'auteur ne serait-il pas la marquise de Bouillé plutôt que le marquis ? Ou telle métisse « libre », jolie et point sotte, qui vivait, tant bien que mal, de ses charmes dans le grand port de l'île ?
Il existe de légères variantes, selon que le texte est plus proche du créole ou du français. J'ai voulu garder ici les mots, aisément compréhensibles, que me chantaient mes parents quand j'avais trois ou quatre ans. Cette berceuse, mes jeunes parents la chantaient à deux voix, admirablement, et l'histoire de la demoiselle au madras, si noble dans sa résignation, a bercé mes premières années d'une mélancolie douce. S'y ajoute aujourd'hui le regret

de ce couple alors uni, d'une chaleur tendre et protectrice, d'un bonheur simple et naïf – toutes choses dont, peut-être, grâce à la chanson, je pressentais déjà qu'elles aussi, *hélas, hélas*, disparaîtraient *pour toujours*…

Marceline Desbordes-Valmore
(1786-1859)

Qu'en avez-vous fait ?

Vous aviez mon cœur,
Moi, j'avais le vôtre :
Un cœur pour un cœur ;
Bonheur pour bonheur !

Le vôtre est rendu ;
Je n'en ai plus d'autre,
Le vôtre est rendu
Le mien est perdu.

La feuille et la fleur
Et le fruit lui-même,
La feuille et la fleur,
L'encens, la couleur :

Qu'en avez-vous fait,
Mon maître suprême ?
Qu'en avez-vous fait,
De ce doux bienfait ?

Comme un pauvre enfant,
Quitté par sa mère,

Comme un pauvre enfant,
Que rien ne défend :

Vous me laissez là,
Dans ma vie amère ;
Vous me laissez là,
Et Dieu voit cela !

Savez-vous qu'un jour,
L'homme est seul au monde ?
Savez-vous qu'un jour,
Il revoit l'amour ?

Vous appellerez,
Sans qu'on vous réponde,
Vous appellerez ;
Et vous songerez !…

Vous viendrez rêvant
Sonner à ma porte ;
Ami comme avant,
Vous viendrez rêvant.

Et l'on vous dira :
« Personne… elle est morte. »
On vous le dira :
Mais, qui vous plaindra ?

§

Les séparés

N'écris pas. Je suis triste, et je voudrais m'éteindre.
Les beaux étés sans toi, c'est la nuit sans flambeau.
J'ai refermé mes bras qui ne peuvent t'atteindre,
Et frapper à mon cœur, c'est frapper au tombeau.
N'écris pas !

N'écris pas. N'apprenons qu'à mourir à nous-mêmes.
Ne demande qu'à Dieu… qu'à toi, si je t'aimais !
Au fond de ton absence écouter que tu m'aimes,
C'est entendre le ciel sans y monter jamais.
N'écris pas !

N'écris pas. Je te crains ; j'ai peur de ma mémoire ;
Elle a gardé ta voix qui m'appelle souvent.
Ne montre pas l'eau vive à qui ne peut la boire.
Une chère écriture est un portrait vivant.
N'écris pas !

N'écris pas ces doux mots que je n'ose plus lire :
Il semble que ta voix les répand sur mon cœur ;
Que je les vois brûler à travers ton sourire ;
Il semble qu'un baiser les empreint sur mon cœur.
N'écris pas !

§

Les roses de Saadi

J'ai voulu ce matin te rapporter des roses ;
Mais j'en avais tant pris dans mes ceintures closes
Que les nœuds trop serrés n'ont pu les contenir.

Les nœuds ont éclaté. Les roses envolées
Dans le vent, à la mer s'en sont toutes allées,
Elles ont suivi l'eau pour ne plus revenir ;

La vague en a paru rouge et comme enflammée.
Ce soir, ma robe encore en est tout embaumée…
Respires-en sur moi l'odorant souvenir.

§

Les cloches du soir

Quand les cloches du soir, dans leur lente volée,
Feront descendre l'heure au fond de la vallée ;
Quand tu n'auras plus d'amis, ni d'amours près de toi ;
Pense à moi ! pense à moi !

Car les cloches du soir avec leur voix sonore,
À ton cœur solitaire iront parler encore ;
Et l'air fera vibrer ces mots autour de toi :
Aime-moi ! aime-moi ! (…)

§

ÉLÉGIE

J'étais à toi peut-être avant de t'avoir vu.
Ma vie, en se formant, fut promise à la tienne ;
Ton nom m'en avertit par un trouble imprévu ;
Ton âme s'y cachait pour éveiller la mienne.
Je l'entendis un jour et je perdis la voix ;
Je l'écoutai longtemps, j'oubliai de répondre ;
Mon être avec le tien venait de se confondre :
Je crus qu'on m'appelait pour la première fois. (…)
Je le lisais partout, ce nom rempli de charmes,
        Et je versais des larmes.
D'un éloge enchanteur toujours environné,
À mes yeux éblouis il s'offrait couronné.
Je l'écrivais… Bientôt je n'osai plus l'écrire,
Et mon timide amour le changeait en sourire.
Il me cherchait la nuit, il berçait mon sommeil.
Il errait dans mon souffle, et, lorsque je soupire,
C'est lui qui me caresse et que mon cœur respire.
Nom chéri ! nom charmant ! oracle de mon sort !
Hélas ! que tu me plais, que ta grâce me touche !
Tu m'annonças la vie, et, mêlé dans la mort,
Comme un dernier baiser tu fermeras ma bouche.

§

La sincère

Veux-tu l'acheter ?
Mon cœur est à vendre.
Veux-tu l'acheter,
Sans nous disputer ?

Dieu l'a fait d'aimant,
Tu le feras tendre ;
Dieu l'a fait d'aimant
Pour un seul amant !

Moi, j'en fais le prix ;
Veux-tu le connaître ?
Moi, j'en fais le prix ;
N'en sois pas surpris.

As-tu tout le tien ?
Donne et sois mon maître.
As-tu tout le tien
Pour payer le mien ?

S'il n'est plus à toi,
Je n'ai qu'une envie :
S'il n'est plus à toi,
Tout est dit pour moi. (…)

L'âme doit courir
Comme une eau limpide ;

L'âme doit courir,
Aimer et mourir.

Car pour nos amours
La vie est rapide,
Car pour nos amours
Elle a peu de jours.

§

Avant toi

(...) Ma vie, elle avait froid, s'alluma dans la tienne,
Et ma vie a brillé, comme on voit au soleil,
Se dresser une fleur sans que rien la soutienne ;
Rien qu'un baiser de l'air, rien qu'un rayon vermeil,
Un rayon curieux, altéré de mystère,
Cherchant sa fleur d'exil attachée à la terre,
Et si tu descendis de si haut pour me voir,
C'est que je t'attendais à genoux, mon espoir ! (...)
Tu ne sauras jamais, comme je sais moi-même,
À quelle profondeur je t'atteins et je t'aime !
Tu serais par la mort arraché à mes vœux,
Que pour te ressaisir mon âme aurait des yeux,
Des lueurs, des accents, des larmes, des prières,
Qui forceraient la mort à rouvrir tes paupières.

§

Souvenir

(...) Quand il pâlit un soir, et que sa voix tremblante
S'éteignit tout à coup dans un mot commencé,
Quand ses yeux, soulevant leur paupière brûlante,
Me blessèrent d'un mal dont je le crus blessé.

Quand ses traits plus touchants, éclairés d'une flamme
Qui ne s'éteint jamais,
S'imprimèrent vivants dans le fond de mon âme :
Il n'aimait pas, j'aimais !

§

ÉLÉGIE

Ma sœur, il est parti ! ma sœur, il m'abandonne !
Je sais qu'il m'abandonne et j'attends et je meurs.
Je meurs. Embrasse-moi, pleure pour moi...
[pardonne,
Je n'ai pas une larme et j'ai besoin de pleurs. (...)

Mais retiens tes sanglots. Il m'appelle, il me touche,
Son souffle en me cherchant vient d'effleurer ma
[bouche.
Laisse, tandis qu'il brûle et passe autour de nous,
Laisse-moi reposer mon front sur tes genoux. (...)

Sais-tu ce qu'il m'a dit ? Des reproches… des larmes,
Il sait pleurer, ma sœur !
Ô Dieu ! que sur son front la tristesse a de charmes !
Que j'aime de ses yeux la brûlante douceur !

§

La chambre

Ma demeure est haute,
Donnant sur les cieux ;
La lune en est l'hôte,
Pâle et sérieux :
En bas que l'on sonne,
Qu'importe aujourd'hui.
Ce n'est plus personne,
Quand ce n'est plus lui ! (…)

§

Prière

Ne me fais pas mourir sous les glaces de l'âge,
Toi qui formas mon cœur du pur feu de l'amour,

Rappelle ton enfant du milieu de l'orage,
Dieu ! j'ai peur de la nuit. Que je m'envole au jour !

Après ce que j'aimai je ne veux pas m'éteindre ;
Je ne veux pas mourir dans le deuil de sa mort,
Que son souffle me cherche, attaché sur mon sort,
Et défende au froid de m'atteindre.

Laisse alors s'embrasser dans leur étonnement,
Et pour l'éternité, deux innocentes flammes,
Hélas ! n'en mis-tu pas le doux pressentiment
Dans le fond d'un baiser où s'attendaient nos âmes ?

§

S'il l'avait su

S'il avait su quelle âme il a blessée,
Larmes du cœur, s'il avait pu vous voir,
Ah ! si ce cœur, trop plein de sa pensée,
De l'exprimer eût gardé le pouvoir,
Changer ainsi n'eût pas été possible ;
Fier de nourrir l'espoir qu'il a déçu,
À tant d'amour il eût été sensible,
S'il l'avait su.

S'il avait su tout ce qu'on peut attendre
D'une âme simple, ardente et sans détour,

Il eût voulu la mienne pour l'entendre.
Comme il l'inspire, il eût connu l'amour.
Mes yeux baissés recelaient cette flamme ;
Dans leur pudeur n'a-t-il rien aperçu ?
Un tel secret valait toute son âme,
S'il l'avait su.

Si j'avais su, moi-même, à quel empire
On s'abandonne en regardant ses yeux,
Sans le chercher comme l'air qu'on respire,
J'aurais porté mes jours sous d'autres cieux.
Il est trop tard pour renouer ma vie,
Ma vie était un doux espoir déçu.
Diras-tu pas, toi qui me l'as ravie,
Si j'avais su !

§

L'impatience

Ne viens pas ; non ! Punis ton injuste maîtresse :
Elle a maudit l'amour ; j'en suis tremblante encor ;
Elle a maudit ses pleurs, ses tourments, son ivresse,
Et sa révolte a pris l'essor.
Elle a dit : « J'ai perdu mes songes infidèles.
Le temps ne marche plus ; la douleur n'a point d'ailes ;
L'amour seul est rapide, ingrat, sans souvenir ;
Il devance, il dévore, il détruit l'avenir ;

Je déteste l'amour. (…)
Je hais tout ! » Mais bientôt elle n'eut plus de voix
Que pour former ton nom, pour t'appeler cent fois ;
Elle cherchait en vain sa colère exhalée.
Oh ! la piquante abeille est moins vite envolée :
En vain l'écho trompé disait : « Je veux haïr. »
Triste, elle a murmuré : « Ciel, qu'il tarde à venir ! »

Ne viens pas ! Que la nuit, sans presser sa paupière,
Laisse battre son cœur dans la crainte et l'espoir ;
Qu'une journée encor l'accable tout entière,
Sans la rendre à la vie, au bonheur de te voir ! (…)
Écris ; d'un pur espoir rends-lui l'enchantement.
Écrire !… et le temps vole ; il emporte la vie,
Il s'enfuit escorté des heures et des jours :
Imite sa vitesse ; ô mon idole, accours ;
Qu'il m'emporte avec toi, c'est tout ce que j'envie !
Ô Dieu ! si tu venais… ! Viens ; je veux te parler ;
J'ai des secrets encor, j'en ai mille à t'apprendre :
Et les tiens, tous les tiens, viens me les révéler,
Viens m'en flatter, viens me les rendre !
Je dirai : Te voilà ! Je dirai… Mon bonheur
Inventera des mots que ma tristesse ignore :
Ne crains pas que j'en trouve un seul pour la douleur ;
Mais ceux qui te plaisaient, je les sais tous encore.
(…)

Non, tu ne viens jamais ! Qu'importe que je meure ?
Les minutes en vain volent autour de l'heure ;
Et l'heure, en les comptant, fait tomber sans retour
Les mois, les ans, la vie ! et sans toi, sans amour !

§

La promenade d'automne

Te souvient-il, ô mon âme, ô ma vie,
D'un jour d'automne et pâle et languissant ?
Il semblait dire un adieu gémissant
Aux bois qu'il attristait de sa mélancolie.
Les oiseaux dans les airs ne chantaient plus l'espoir ;
Une froide rosée enveloppait leurs ailes,
Et, rappelant au nid leurs compagnes fidèles,
Sur des rameaux sans fleurs ils attendaient le soir.

Seule, je m'éloignais d'une fête bruyante,
Je fuyais tes regards. (…)
Je portais au hasard un pas timide et lent. (…)

Je voulais, mais en vain, par un effort suprême,
En me sauvant de toi, me sauver de moi-même.
Mon œil voilé de pleurs, à la terre attaché,
Par un charme invincible en fut comme arraché.
(…) Tu parus devant moi.
Je n'osai te parler ; interdite, rêveuse,
Enchaînée et soumise à ce trouble enchanteur,
Je n'osai te parler : pourtant j'étais heureuse ;
Je devinai ton âme, et j'entendis mon cœur.

Mais quand ta main pressa ma main tremblante,
Quand un frisson léger fit tressaillir mon corps,
Quand mon front se couvrit d'une rougeur brûlante,
Dieu ! qu'est-ce donc que je sentis alors ?
J'oubliai de te fuir, j'oubliai de te craindre, (...)
Ma douleur à la tienne osa se révéler,
Et mon âme vers toi fut prête à s'exhaler ! (...)
L'âme du monde éclaira notre amour ;
Je vis ses derniers feux mourir sous un nuage ;
Et dans nos cœurs brisés, désunis sans retour,
Il n'en reste plus que l'image.

§

ÉLÉGIE

Peut-être un jour sa voix tendre et voilée
M'appellera sous de jeunes cyprès :
Cachée alors au fond de la vallée,
Plus heureuse que lui, j'entendrai ses regrets.
Lentement, des coteaux je le verrai descendre ;
Quand il croira ses pas et ses vœux superflus,
Il pleurera ! ses pleurs rafraîchiront ma cendre ;
Enchaînée à ses pieds, je ne le fuirai plus.
Je ne le fuirai plus ! je l'entendrai ; mon âme,
Brûlante autour de lui, voudra sécher ses pleurs ;
Et ce timide accent, qui trahissait ma flamme,
Il le reconnaîtra dans le doux bruit des fleurs.

Oh ! qu'il trouve un rosier mourant et solitaire !
Qu'il y cherche mon souffle et l'attire en son sein !
(…)
Qu'il dise : « Un jour à peine il a bordé la rive ;
« Son vert tendre égayait le limpide miroir ;
« Et ses feuilles déjà, dans l'onde fugitive,
« Tombent. Faible rosier, tu n'as pas vu le soir ! »
(…)
Alors, rêvant aux biens que ce monde nous donne,
Il laissera tomber sur le froid monument
Les rameaux affligés dont la gloire environne
Son front triste et charmant.

Alors, je resterai, seule, mais consolée,
Les vents respecteront l'empreinte de ses pas.
Déjà je voudrais être au fond de la vallée ;
Déjà je l'attendrais… Dieu ! s'il n'y venait pas !

§

ÉLÉGIE

Quand le fil de ma vie (hélas, il tient à peine !)
Tombera du fuseau qui le retient encor ;
Quand ton nom, mêlé dans mon sort,
Ne se nourrira plus de ma mourante haleine ;
Quand une main fidèle aura senti ma main
Se refroidir sans lui répondre ;

Quand mon dernier espoir, qu'un souffle va confondre,
    Ne trouvera plus ton chemin,
Prends mon deuil : un pavot, une feuille d'absinthe,
Quelques lilas d'avril, dont j'aimais tant la fleur !
Durant tout un printemps qu'ils sèchent sur ton cœur ;
Je t'en prie : un printemps ! (…)
Porte en mon souvenir un parfum de tendresse ;
Si tout ne meurt en moi, j'irai le respirer. (…)
Si l'on vient demander pourquoi ta fantaisie
De cette couleur sombre attriste un temps d'amour
(…) Invente un doux symbole où je me cacherai :
Cette ruse entre nous encor… c'est la dernière.

Dis qu'un jour, dont l'aurore avait eu bien des pleurs,
Tu trouvas sans défense une abeille endormie ;
Qu'elle se laissa prendre et devint ton amie ;
Qu'elle oublia sa route à te chercher des fleurs. (…)
Dis que l'ayant blessée, innocemment peut-être,
Pour te suivre elle fit des efforts superflus ;
Et qu'un soir accourant, sûr de la voir paraître,
Au milieu des parfums, tu ne la trouvas plus ;
Que tu pleuras sans honte une abeille perdue (…)
Ils riront : que t'importe ? Ah ! sans mélancolie,
Reverras-tu des fleurs retourner la saison ?
Leur miel, pour toi si doux, me devint un poison.
  (…)

§

J'avais froid

(...) Non, tu ne cherchais pas mes yeux
Quand tu leur appris la tendresse ;
Ton cœur s'essayait sans ivresse,
Il avait froid, sevré des cieux.
Seule aussi dans ma paix profonde,
Vois-tu, j'avais froid comme toi,
Et ta vie, en s'ouvrant au monde,
Laissa tomber du feu sur moi.

§

Un billet de femme

Puisque c'est toi qui veux nouer encore
Notre lien,
Puisque c'est toi dont le regret m'implore,
Écoute bien :
Les longs serments, rêves trempés de charmes,
Écrits et lus,
Comme Dieu veut qu'ils soient payés de larmes,
N'en écris plus !

Ta voix, c'est vrai, se lève, se lève encore chérie
Sur mon chemin ;

Mais ne dis plus « À toujours ! », je t'en prie,
Dis : « À demain ! » (…)

Si c'est ainsi qu'une seconde vie
Peut se rouvrir
Pour s'écouler sous une autre asservie
Sans trop souffrir,

Par ce billet, parole de mon âme,
Qui va vers toi,
Ce soir où veille et te rêve une femme,
Viens… Et prends-moi !

§

La lune des fleurs

Douce lune des fleurs, j'ai perdu ma couronne !
Je ne sais quel orage a passé sur ces bords.
Des chants de l'espérance il éteint les accords,
                Et dans la nuit qui m'environne,
Douce lune des fleurs, j'ai perdu ma couronne.

Jette-moi tes présents, lune mystérieuse,
De mon front qui pâlit ranime les couleurs ;
J'ai perdu ma couronne et j'ai trouvé des pleurs ;
                Loin de la foule curieuse,
Jette-moi tes présents, lune mystérieuse.

Entrouvre d'un rayon les noires violettes,
Douces comme les yeux du séduisant amour.
Tes humides baisers hâteront leur retour.
Pour cacher mes larmes muettes,
Entrouvre d'un rayon les noires violettes !

§

La rose flamande

C'est là que j'ai vu Rose Dassonville,
Ce mouvant miroir d'une rose au vent.
Quand ses doux printemps erraient par la ville,
Ils embaumaient l'air libre et triomphant.

Et chacun disait en perçant la foule :
« Quoi ! Belle à ce point ?… Je veux voir aussi… »
Et l'enfant passait comme l'eau qui coule
Sans se demander : « Qui voit-on ici ? »

Un souffle effeuilla Rose Dassonville.
Son logis cessa de fleurir la ville,
Et triste aujourd'hui comme le voilà,
C'est là !

Fille d'un cabaretier sans le sou, Marceline Desbordes naquit en 1786 à Douai. À douze ans, elle partit pour Bordeaux avec sa mère, dans l'espoir de rejoindre aux Antilles un cousin dont la famille disait qu'il avait fait fortune. Hélas, une fois sur place, il fallut déchanter : le cousin n'était pas riche et la mère de Marceline, atteinte de la fièvre jaune, mourut à la Guadeloupe.
Revenue seule à Douai, Marceline, alors âgée d'une quinzaine d'années, devint comédienne et chanteuse.
On la vit d'abord dans des tournées régionales et jusqu'en Belgique. Les comédiennes passaient en ce temps-là pour des filles faciles : la toute jeune Marceline ne sut pas déroger à la règle – on dit qu'elle eut, à seize ou dix-sept ans, un enfant qui ne vécut pas... Sa renommée, car la jeune fille se révéla bientôt une cantatrice talentueuse, atteignit Paris : elle joua à l'Odéon, chanta à l'Opéra-Comique. C'est à cette époque qu'elle connut celui qui devait être le grand – l'unique ? – amour de sa vie : Henri de Latouche, gentilhomme provincial « monté » à Paris pour y faire carrière dans les lettres. Il avait le même âge qu'elle – vingt-deux ans –, et il était beau comme un jeune dieu, du moins s'il faut en croire son portrait par David d'Angers et la description de Sainte-Beuve : « Un visage aux traits mats encadrés de cheveux bouclés, un cœur ardent, et un tempérament amoureux qui inspira plus d'un dévouement de femme... »
La liaison de Marceline et d'Henri dura trois ou quatre ans ; ils eurent un fils, Eugène, qui mourut à l'âge de six ans. Mais Latouche commençait à percer dans le journalisme parisien et dans la critique littéraire, tandis que Marceline « tournait » encore de ville en ville. Les liens se

distendirent – en tout cas, du côté de celui qui devenait directeur du *Mercure du XIXe siècle*, puis du *Figaro*, collaborait à la *Revue de Paris*, éditait André Chénier, traduisait Shakespeare, « lançait » George Sand et soutenait Balzac, tout en poursuivant de sa hargne et de ses mépris les jeunes poètes plus talentueux que lui. En 1817, Marceline, âgée de trente et un ans, épousa Valmore, un comédien de sept ans son cadet, qu'elle avait connu à Bruxelles. Ils eurent ensemble trois enfants : un garçon, Hippolyte, et deux filles, Inès et Ondine, que Marceline enterra toutes deux, à des âges divers de leur vie. Deux ans après son mariage, Marceline publiait son premier recueil de poèmes, *Élégies et Romances*. Elle devançait ainsi, dans la voie du romantisme, Lamartine lui-même, qui ne publia ses *Méditations* qu'en 1820 : « l'ignorante », « l'autodidacte », la « fille de rien », avait de l'avance… Suivirent en quelques années quatre autres recueils, assez peu remarqués par la critique de son temps. Le couple Valmore qui, au hasard des engagements, errait de ville en ville (Bordeaux, Milan, Rouen) et de cinquième étage (sans ascenseur !) en grenier, vivait chichement : Valmore était un acteur médiocre, voué aux seconds rôles, et un esprit chimérique – ne songea-t-il pas un moment à diriger une fromagerie auvergnate ? La famille finit par s'installer durablement à Lyon, mais les problèmes d'argent restaient lancinants. Marceline, prolétaire de naissance devenue une « prolétaire des lettres », avait besoin de sa plume pour vivre, surtout lorsqu'en 1823 elle dut abandonner définitivement le théâtre : on la jugeait maintenant trop fanée pour les rôles de jeune première. Elle publia des nouvelles,

des contes pour enfants, deux ou trois romans… Mais elle était plus modeste et timide que George Sand, moins parisienne aussi, elle ne connut donc jamais le même succès.
Hormis ses enfants, *ces petits volés par la mort*, qu'elle aima tendrement et sur lesquels elle écrivit d'émouvants poèmes, Marceline, en vieillissant, n'aimait toujours… qu'Henri de Latouche. Ils avaient renoué (sans doute platoniquement) peu après le mariage de Marceline et, à partir de là, ils entretinrent, entre Paris et Lyon, une relation épistolaire suivie et passionnée – passionnée du côté de Marceline surtout, qui écrivit pour Henri (jamais nommé autrement qu'Olivier) des élégies déchirantes et des ballades délicieuses.
Son talent gagnait à la fois en finesse et en étendue : amoureuse et naturellement lyrique, elle sut pourtant aussi, à l'occasion, pratiquer la satire et la poésie « engagée ». Sensible au sort des pauvres, des prisonniers, des déserteurs, des infirmes, et devenue hostile au régime de Louis-Philippe, elle écrivit des poèmes politiques d'une force hugolienne, notamment après la terrible répression qui s'abattit sur les canuts de Lyon après la révolte de la misère. Elle disait *Nous n'avons plus d'argent pour enterrer nos morts*, et, à propos des ouvriers massacrés dans les rues, elle écrivait (dernier vers d'un de ses poèmes) : *Dieu, bénissez-les tous : ils étaient tous sans armes*. Elle devançait Hugo dans la puissance d'indignation pour décrire, vingt ans avant lui, dans son recueil *Pauvres fleurs*, le massacre des classes populaires : *Quand le sang inondait cette ville éperdue, / Quand la tombe et le plomb balayant chaque rue, / Excitaient les sanglots des tocsins*

effrayés, / Quand le rouge incendie, aux longs bras déployés, / Étreignaient les enfants et les pères (...) / J'étais là ! (...) J'écoutais mourir la ville en flammes, / Fête affreuse où tintaient de funèbres accords : / Les clochers haletants, les tambours et les balles ; / Les derniers cris du sang répandu sur les dalles ; / C'était hideux à voir. (...) Savez-vous que c'est grand tout un peuple qui crie ! / Savez-vous que c'est triste une ville meurtrie, / Appelant de ses sœurs la lointaine pitié (...) / Savez-vous que c'est froid le linceul d'une ville ! Et qu'en nous revoyant debout sur quelques seuils / Nous n'avions plus d'accents pour lamenter nos deuils ! Elle retrouva même la veine d'un Villon dans le « Cantique des mères » qu'elle consacra aux prisonniers, où, après chaque strophe, revient en refrain *Et priez d'un céleste effroi / Pour tous les prisonniers du Roi*. Ainsi, tandis que Latouche tournait au vieux garçon aigri et réactionnaire, à l'arbre sec, Marceline gagnait sans cesse en générosité, en spiritualité.
Cependant, les éditeurs ne s'intéressaient plus à elle : elle ne parvint pas à faire publier ses derniers poèmes. Ils parurent en 1860 à titre posthume : ils étaient superbes – parmi ces rejetés, « Les Roses de Saadi », qui est aujourd'hui son poème le plus connu...
Lorsque Marceline mourut, Sainte-Beuve, qui l'avait bien connue, voulut tout de même faire son éloge. Il écrivit : « Elle a chanté comme l'oiseau chante. » C'était joli, c'était gentil, mais – Sainte-Beuve en fut-il conscient ? – c'était parfaitement méprisant : l'oiseau chante sans projet, sans métier, l'oiseau n'est pas un artiste ; sous-entendu : Marceline non plus...
Il fallut attendre Verlaine pour que le « milieu littéraire » reconnût enfin pleinement, hautement, le génie de

Marceline Desbordes-Valmore. Verlaine, si sensible au rythme et à la musique des vers, fut frappé de ce que, comme lui, cette poétesse déjà presque oubliée eût préféré « l'impair » : si elle écrivait, comme tout le monde, en alexandrins ou en octosyllabes, elle pratiquait en effet avec liberté tous les autres rythmes – selon les poèmes et les sujets, vers de onze pieds, vers de cinq pieds ou, comme plus tard Verlaine lui-même, vers de sept pieds. Mieux : à l'intérieur d'un même poème, elle variait sans cesse le rythme, passant avec grâce et maestria de l'alexandrin au décasyllabe, à l'octosyllabe, à l'heptasyllabe… Séduit par la musicalité de la poésie de Marceline, Verlaine écrivit : « Nous proclamons à haute et intelligible voix que Marceline Desbordes-Valmore est tout bonnement la seule femme de génie de ce siècle et de tous les siècles ! » Le propos n'est pas exactement féministe, mais il rend au moins justice à quelqu'un qui, c'est le moins qu'on puisse dire, « sort du lot »…

Les musiciens de la fin du XIXe siècle furent à leur tour sensibles aux vers de Marceline, dont beaucoup semblent faits pour être chantés : Saint-Saëns, César Franck mirent ses poèmes en musique ; et aujourd'hui encore on voit des chanteurs populaires, comme Julien Clerc ou Benjamin Biolay, faire un succès avec « Les Séparés » (« N'écris pas »).

Pour autant, Marceline Desbordes-Valmore a-t-elle gagné la place qu'elle mérite dans notre histoire littéraire ? On ne le dirait pas. Le Lagarde et Michard, manuel scolaire des années 1960, lui consacre une seule page sur les cinq cent soixante-dix que comporte le volume « XIXe siècle » de sa collection littéraire. Même chose avec le manuel d'Henri

Mitterand sur le XIXe siècle (conseillé aux élèves dans les années 1990) : Marceline y a deux pages, à peine plus que Louise Colet, et moins que Jules Champfleury ou Maurice Rollinat. Est-ce bien sérieux ?
Je ne connais qu'un seul défaut à Marceline : la surabondance (elle n'est d'ailleurs pas l'unique romantique à pêcher sur ce chapitre) et le délayage parfois, quand elle n'est pas enfermée dans une forme fixe comme le sonnet. Elle a besoin d'un corset… Mais je pardonne tout à un poète capable de sentir qu'un seul nom (« Rose Dassonville ») contient assez de grâce en lui-même pour faire chanter tout un poème.
Marceline, qui, dit-on, n'était pas féministe (elle n'osait pas : qu'en aurait pensé le sévère Henri de Latouche ?), Marceline avait souffert de l'injuste dédain de ses contemporains et, déjà, elle prévoyait l'oubli dans lequel on la laisserait s'enfoncer. Résignée et plaidant coupable, elle avait tout dit dans une seule et humble plainte :
« Les femmes, je le sais, ne doivent pas écrire. J'écris, pourtant… »

Louisa Siefert
(1845-1877)

Rentrez dans vos cartons…

Rentrez dans vos cartons, robe, rubans, résille !
Rentrez, je ne suis plus l'heureuse jeune fille
Que vous avez connue en de plus anciens jours.
Je ne suis plus coquette, ô mes pauvres atours !
Laissez-moi ma cornette et ma robe de chambre,
Laissez-moi les porter jusqu'au mois de décembre ;
Leur timide couleur n'offense point mes yeux :
C'est comme un deuil bien humble et bien silencieux,
Qui m'adoucit un peu les réalités dures.
Allez-vous-en au loin, allez-vous-en, parures !
Avec vous je sens trop qu'il ne reviendra plus,
Celui pour qui j'ai pris tant de soins superflus !

§

Bataille perdue

(…) Au fond, ce qui domine en moi, c'est le dégoût,
C'est l'ennui, c'est la lassitude.
Le curieux vivait pour vivre jusqu'au bout :
Je ne vis que par habitude.

§

Sotto voce

Le bonheur est un oiseau
Plus léger que l'oiseau-mouche ;
Et sous lui, comme un roseau,
Notre âme plie et se couche.
Chut ! Ne faisons pas de bruit :
Dans le secret de la nuit,
D'un regard ou d'un sourire
Soyons heureux sans le dire,
L'oiseau vient, passe et nous fuit.

§

PANTOUM

Au clair soleil de la jeunesse,
Pauvre enfant d'été, moi j'ai cru.
– Est-il sûr qu'un jour tout renaisse
Après que tout a disparu ?

Pauvre enfant d'été, moi j'ai cru !
Et tout manque où ma main s'appuie.
Après que tout a disparu,
Je regarde tomber la pluie.

Et tout manque où ma main s'appuie.
Hélas ! les beaux jours ne sont plus.
Je regarde tomber la pluie.
Vraiment, j'ai vingt ans révolus…

Louisa Siefert, née à Lyon dans une famille protestante aisée, fut frappée, à quinze ou seize ans, par la tuberculose osseuse. Elle ne sortit plus beaucoup de sa chambre et passa l'essentiel de sa vie allongée. Elle fit pourtant, à vingt-trois ans, la connaissance de Charles Asselineau, poète et critique d'art, de vingt-cinq ans son aîné. Il y eut entre eux admiration réciproque et sans doute, malgré la différence d'âge, une histoire d'amour, il semble même qu'on ait alors parlé mariage… Asselineau l'aida à publier en 1868 son premier recueil de vers, *Rayons perdus*, qui connut un succès certain. Elle publia, en quatre ans, trois autres recueils de poèmes, dont certains attirèrent l'attention de Victor Hugo et même d'Arthur Rimbaud. Celui-ci admirait particulièrement la pièce intitulée « Marguerite », qui montre, une fois de plus, la résignation, le stoïcisme désespéré de Louisa : … *Quand je pense à l'enfant qui me rendrait si fière, / À l'enfant que je n'aurai jamais… / Jamais on ne dira de moi : c'est une mère ! / Et jamais un enfant ne me dira : Maman ! / C'en est fini pour moi du céleste roman / Que toute jeune fille à mon*

âge imagine (...) / Ma vie, à dix-huit ans, comprend tout un passé.
Louisa Siefert mourut à Pau où elle était allée soigner l'aggravation de sa maladie. Elle n'avait plus publié depuis quatre ou cinq années. Sa poésie, qui n'est jamais mièvre, avait d'ailleurs été bien davantage une méditation sur la mort que sur l'amour. (*Je me dis : Si demain ne venait pas pour moi ! / Et cette question aussitôt se présente : / Suis-je poète ? – L'épreuve est parfois si pressante / Que je sens mon cœur battre et mon front se pencher, / Comme si l'ange noir venait de me toucher.*)

Rosemonde Gérard
(1871-1953)

L'éternelle chanson

Lorsque tu seras vieux et que je serai vieille,
Lorsque mes cheveux blonds seront des cheveux
[blancs,
Au mois de mai, dans le jardin qui s'ensoleille,
Nous irons réchauffer nos vieux membres
[tremblants (…)

Et comme chaque jour je t'aime davantage
– Aujourd'hui plus qu'hier et bien moins que demain –
Qu'importeront alors les rides du visage,
Mon amour se fera plus grave et plus serein. (…)

C'est vrai, nous serons vieux, très vieux, faiblis par
[l'âge,
Mais plus fort chaque jour je serrerai ta main,
Car vois-tu, chaque jour je t'aime davantage :
Aujourd'hui plus qu'hier et bien moins que demain !

(…) Nous nous regarderons, assis sous notre treille,
Avec des yeux remplis des pleurs de nos vingt ans…
Lorsque tu seras vieux et que je serai vieille,
Lorsque mes cheveux blonds seront des cheveux
[blancs !

Rosemonde Gérard, née dans une famille de l'aristocratie provinciale, vit aussitôt les Muses accourir : Leconte de Lisle fut son parrain, Alexandre Dumas fils son tuteur... Pas étonnant, dès lors, qu'elle ait épousé, à dix-neuf ans, Edmond Rostand. Il était tombé amoureux de « ses longs cils relevés, ses cheveux d'or flou, et ses yeux étonnés de poupée angélique » – et voilà comment une Muse de plus se pencha sur l'avenir littéraire de la jeune Rosemonde ! Hélas, le talent poétique n'est pas, ou pas seulement, affaire de relations dans la critique et d'amitiés mondaines.

À preuve, le talent exceptionnel d'une Marceline Desbordes-Valmore, autodidacte sortie, comme on disait, « de la lie du peuple », qui vécut pauvre, douta souvent, et ne trouva même plus d'éditeur pour son dernier recueil ! Rosemonde, elle, à défaut de talent, fit une carrière : elle publia beaucoup, souvent en collaboration avec l'aîné de ses fils, Maurice ; elle figura dans tous les cocktails et raouts de l'édition et siégea au jury du prix Femina. De toute cette mousse, que reste-t-il aujourd'hui ? Un seul poème. Ou, plus exactement, deux vers : *Car vois-tu chaque jour je t'aime davantage / Aujourd'hui plus qu'hier et bien moins que demain.* La formule, qui n'est d'ailleurs pas mauvaise, orne depuis un siècle les cendriers, les cartes de la Saint-Valentin, les médailles, les anneaux de mariage et les bagues à trois sous...

Impossible donc de faire une anthologie de la poésie amoureuse féminine sans y faire figurer cet *Aujourd'hui plus qu'hier...*, injustement plus célèbre que le *Ni vous sans moi, ni moi sans vous* prêté à Tristan et Yseult par Marie de France.

Mais, après tout, rester dans la mémoire des hommes pour une phrase, une seule, c'est toujours plus que n'en peuvent espérer les neuf dixièmes des gens de lettres !

Marguerite Burnat-Provins
(1872-1952)

Le Livre pour toi

II
Parce que l'amour a noué nos corps (...) comme les enfants nouent les tiges qu'ils arrachent aux prés, parce que nos vies se sont mêlées comme se mêlent les eaux chantantes, je consacre à ta jeunesse un hymne enivré.
Je dirai la lumière de tes yeux, la volupté de ta bouche, la force de tes bras. (...)
Je dirai l'emprise de tes mains longues qui font à ma taille une ceinture frémissante ; je dirai (...) ta poitrine battante soudée à ma poitrine, et tes jambes aussi fermes que le tronc de l'érable.

XXXVII
Le crépuscule atteint les pentes altérées qui deviennent grises.
Dans la vigne sèche où pèse encore l'étouffement du jour, pour cueillir des grappes mûres, tu t'es penché.
Les raisins voluptueux ont mis une tiède caresse au creux de tes mains. J'ai été jalouse de cette caresse.
Les grains mordus ont pleuré des larmes claires entre tes lèvres. J'ai été jalouse de ce baiser.
Tu m'as dit : Comme la montagne est belle !

J'ai été jalouse de cette beauté.
Car je veux être l'unique entre tes mains, sur tes lèvres et dans ton cœur pour l'éternité.

LI
Me taire, te regarder.
Sentir ton amour en moi, comme un fer rouge, ne pas crier.
M'étourdir à contempler ton visage, ne pas chanceler.
Suivre la ligne longue de tes mains, sans les toucher.
Voir ton corps provocant tout près, tout près, sans approcher.
Souffrir d'un torturant bonheur : Me taire, te regarder.

III
Cette nuit tu as pris ma tête entre tes doigts, et tu disais, les dents serrées : Ne bouge pas.
Et je me suis abandonnée, le front caché par la couronne ardente qui se rétrécissait.
Pourquoi n'as-tu pas enfoncé tes ongles plus avant ?
Je n'aurais pas bougé et la douleur, venue de toi, serait entrée délicieusement dans ma chair.
Ton désir jeune et délirant peut rompre mes muscles, courber mes os, me faire râler d'angoisse, je suis ta chose, Sylvius, ne laisse rien de moi (…).
Et cette nuit, passive et nue, n'étais-je pas une reine sous la couronne vivante de tes doigts refermés ?

§

Cantique d'été

III

J'ai aimé les saisons, mon amour, pour les fleurs que je t'ai offertes, pour les fruits que tu m'as donnés, pour la flamme qui t'éclaira et pour tant de chaudes caresses quand il neigeait.
Et cet été brûlant n'est si beau que parce que je te vois lisse et nu comme un grain de blé.

LX

Les matins succombent sous les fleurs, les soirs sont gorgés de parfums. (…)
J'ai jeté ma tunique inutile pour donner ma poitrine aux abeilles, mes doigts aux papillons.
Les feuilles jouent autour de mon visage et le geai m'a crié des folies en passant.
Es-tu jaloux, Sylvius ?
Le soleil m'a prise à la nuque, son corps de feu m'a possédée.
Maintenant, je sens croître dans mes entrailles un fruit lumineux d'été.

LXXV

Toi qui fais de ma vie un hymne qui va de l'aube au soir, Sylvius, le connais-tu ?
Je dis : Voici la fleur du serpolet et celle de l'osier que j'ai cueillie dans la forêt (…).
Toute mon âme en bouquet pour toi : prends !

Je dis : Voici les cerises gaies, les cassis noirs comme mes yeux, les mûres qui saignent et les voluptés plus rouges que les tomates insolentes.
Tout mon corps parfumé pour toi : prends !

LXXX
Fais-moi mal, veux-tu ? Fais-moi bien mal avec tes mains longues qui me tiennent l'âme, comme une mouche, entre deux doigts.
Fais-moi bien mal avec tes dents trop douces au fond de ton baiser.
Fais-moi mal avec ta force qui me veut et qui broie.
Et puis tu me guériras, avec tout toi.

LXXXVIII
Donne-moi tes mains, Sylvius, que je regarde les veines de tes poignets, les fils bleus qui sont les mailles de ta vie.
Je suis tranquille à tes pieds.
Il est trois heures, la canicule pèse sur la vallée, tout est assoupi, je me tais.
Je ferai ce que tu voudras.
Tu me diras : « Ma douce » et je baiserai longuement la place chaude et blanche qui bat.

XCII
La lampe a rendu fou le papillon de nuit, il sera mort bientôt d'être entré dans la chambre.
Et moi, Sylvius, je tourne et je m'épuise autour de ta beauté, sans doute un soir je mourrai de t'avoir aimé.

XCVII

Je te verrais, parfois, assis sur le trône d'ivoire, au-dessus des fumées lourdes des sacrifices.
Je verrais, sur tes pieds, le sang noir des taureaux.
Tandis que le soleil, avant la nuit, baise la terre entre les oliviers, je te verrais parfois loin de moi comme un dieu.

Marguerite Burnat-Provins, qui avait « fait » les Beaux-Arts, fut d'abord peintre paysagiste et elle n'était pas dépourvue de talent. Elle épousa bientôt un architecte suisse et partit vivre avec lui dans le Valais où elle continua à peindre. C'est après avoir rencontré, à l'âge de trente-trois ans, Paul, un jeune ingénieur dont elle devint éperdument amoureuse, qu'elle éprouva le besoin d'écrire. Ainsi parut en 1907 *Le Livre pour toi*, série de petits poèmes en prose dont le thème unique est l'amour, et, plus précisément, la passion charnelle, constamment confondue, d'ailleurs, avec la splendeur et la vigueur de la nature environnante. *Le Livre pour toi* fit événement et scandale à Vevey : apprenant par les libraires son infortune, l'architecte demanda le divorce. En 1910, Marguerite épousa Paul. La même année elle fit paraître un nouveau recueil de poèmes, *Cantique d'été*, où, dans la même veine que *Le Livre pour toi*, elle chantait Paul sous le nom de Sylvius. Leur passion mutuelle semblait toujours aussi forte et – fait rare dans la poésie féminine – c'est le corps de l'homme qui y était chanté : les mains de Sylvius (constamment évoquées), ses hanches, sa bouche, ses dents, ses cheveux

– bref, un véritable « blason du corps masculin » ! Peut-être le seul de toute notre littérature. Le livre choqua encore, bien entendu. D'autant plus, sans doute, que l'amour chanté par Marguerite Burnat-Provins présentait une forte composante masochiste (comme dans « Je t'aime-III » ou « Cantique d'été-LXXX »), mais n'est-ce pas là un ton assez courant dans « l'amour au féminin » ? Il est vrai aussi qu'elle aimait provoquer les femmes « convenables » : *Combien je les plains, ces femmes qui n'aiment pas l'amour !*
Songeons tout de même qu'en 1907 on n'était pas si loin de l'époque où le critique de *L'Écho de la Littérature* s'indignait : « Lorsque Mme Desbordes-Valmore s'écrie : *Quoi ! Sur ton sein ne pourrai-je dormir ?*, lorsque, dans d'autres passages, elle a mis les lecteurs dans la confidence de ses désirs, elle a outrepassé ce que les strictes convenances eussent permis »…
Peut-être pour échapper à la rumeur sulfureuse qui l'accompagnait, Marguerite suivit alors son mari à l'étranger : elle vécut en Syrie, puis au Liban, avant de s'installer au Maroc pour de longues années. Elle publia encore deux ou trois romans, un livre de contes, et deux recueils de poèmes (dont *Poèmes troubles*), tout cela sans jamais cesser de peindre. Mais sa peinture avait évolué et se rapprochait maintenant de l'Art brut.
Après la Seconde Guerre mondiale, elle revint en France et s'installa à Grasse, où elle mourut ignorée, alors que, dans le genre – d'ordinaire peu mélodique – du poème en prose, elle excelle plus qu'aucune autre.

Marie Dauguet
(1865-1942)

Ode à l'amant

Tu es la vigueur du soleil
Et ta sève embaume,
Elle est un ruisseau de Mai sous l'aubépine,
Plus douce que la fleur du sureau.
Tu te dresses et tu es la force de la forêt,
Son mouvement dans la lumière.
Ta poitrine est rude sous ma joue,
Tes reins blessent mes mains nouées.
Tu es rude comme un chêne.

Je t'ai baisé comme un rouge-gorge dans ma main,
J'aime la tiédeur de ton corps dans ma main.
Je me rassasie de ton odeur sauvage ;
Tu sens les bois et les marécages
Tu es beau comme un loup (...)
Je louerai ta brutalité,
Le sanglot rauque de ta chair ;
Je louerai ta sève immense
Où l'univers est en puissance.
Je louerai tes poings et comment ils se dénouent
Tout à coup quand tu retombes
Au creux d'une épaule,
Plus doux qu'un petit enfant
Et plus innocent qu'un ange.

Bien oubliée aujourd'hui, quoiqu'elle ait publié autour des années 1900 huit recueils de poèmes, Marie Dauguet pratiqua avec art le vers libre, encore rare à l'époque. Mais elle maniait tout aussi bien l'alexandrin.
Comme souvent chez les poétesses d'autrefois, et même, souvent, chez celles d'aujourd'hui, sa sensualité déborde de beaucoup le corps de l'aimé. L'érotisme est transcendé dans un grand chant panthéiste : c'est la Nature tout entière qui lui fait l'amour, la Nature à laquelle elle s'abandonne, *immense amour* qui *éclate, et craque, et monte, et brise*… L'évocation est assez parlante, ajoutons-y, pour faire bonne mesure, ces quelques vers sur le printemps :

Quand la sève en vertige avec des frissons blêmes,
Met au cœur de la plante un sensuel émoi
Et fait jaillir la fleur du bourgeon trop étroit,
Je vivrai dans l'odeur du grand spasme suprême,

et nous n'aurons pas besoin d'un psychanalyste pour comprendre de quoi il retourne…

Renée Vivien
(1877-1909)

En débarquant à Mytilène

Du fond de mon passé, je retourne vers toi,
Mytilène, à travers les siècles disparates,
T'apportant ma ferveur, ma jeunesse et ma foi,
Et mon amour, ainsi qu'un présent d'aromates,
Mytilène, à travers les siècles disparates,
Du fond de mon passé, je retourne vers toi (...).

Reçois dans tes vergers un couple féminin,
Île mélodieuse et propice aux caresses,
Parmi l'asiatique odeur du lourd jasmin,
Tu n'as point oublié Psappha ni ses maîtresses,
Île mélodieuse et propice aux caresses,
Reçois dans tes vergers un couple féminin.

Lesbos aux flancs dorés, rends-nous notre âme
[antique,
Ressuscite pour nous les lyres et les voix,
Et les rires anciens, et l'ancienne musique
Qui rendit si poignants les baisers d'autrefois,
Toi qui gardes l'écho des lyres et des voix,
Lesbos aux flancs dorés, rends-nous notre âme
[antique.

(…) Quand, disposant leurs corps sur tes lits d'algues
[sèches,
Les amantes jetaient des mots las et brisés,
Tu mêlais tes odeurs de roses et de pêches
Aux longs chuchotements qui suivent les baisers ;
À notre tour, jetant des mots las et brisés,
Nous disposons nos corps sur tes lits d'algues sèches.

Mytilène, parure et splendeur de la mer,
Comme elle versatile et comme elle éternelle,
Sois l'autel aujourd'hui des ivresses d'hier ;
Puisque Psappha couchait avec une immortelle,
Accueille-nous avec bonté, pour l'amour d'elle,
Mytilène, parure et splendeur de la mer !

§

SONNET

L'orgueil des lourds anneaux, la pompe des parures,
Mêlent l'éclat de l'art à ton charme pervers (…),

Sous les flots de satin savamment entr'ouverts,
Ton sein s'épanouit en de pâles luxures.

Le reflet des saphirs assombrit tes yeux bleus,
Et l'incertain remous de ton corps onduleux
Fait un sillage d'or au milieu des lumières.

Quand tu passes, gardant un sourire ténu,
Blond pastel surchargé de parfums et de pierres,
Je songe à la splendeur de ton corps libre et nu.

§

Lucidité

L'art délicat du vice occupe tes loisirs,
Et tu sais réveiller la chaleur des désirs
Auxquels ton corps perfide et souple se dérobe.
L'odeur du lit se mêle aux parfums de ta robe.
Ton charme blond ressemble à la fadeur du miel.
Tu n'aimes que le faux et l'artificiel,
La musique des mots et des murmures mièvres (...).

Tu mens comme l'on aime, et, sous ta douceur feinte,
On sent le rampement du reptile attentif.
Au fond de l'ombre, telle une mer sans récif,
Les tombeaux sont encor moins impurs que ta couche.
Ô Femme ! je le sais, mais j'ai soif de ta bouche !

§

CHANSON

Ta voix est un savant poème…
Charme fragile de l'esprit,
Désespoir de l'âme, je t'aime
Comme une douleur qu'on chérit.

Dans ta grâce longue et blêmie,
Tu revins du fond de jadis…
Ô ma blanche et lointaine amie,
Je t'adore comme les lys !

On dit qu'un souvenir s'émousse,
Mais comment oublier jamais
Que ta voix se faisait très douce
Pour me dire que tu m'aimais ?

§

Ondine

Ton rire est clair, ta caresse est profonde,
Tes froids baisers aiment le mal qu'ils font ;
Tes yeux sont bleus comme un lotus sur l'onde,
Et les lys d'eau sont moins purs que ton front.

Ta forme fuit, ta démarche est fluide,
Et tes cheveux sont de légers roseaux ;
Ta voix ruisselle ainsi qu'un flot perfide ;
Tes souples bras sont pareils aux roseaux,

Aux longs roseaux des fleuves, dont l'étreinte
Enlace, étouffe, étrangle savamment,
Au fond des flots, une agonie éteinte
Dans un nocturne évanouissement.

§

Vers d'amour

Tu gardes dans tes yeux la volupté des nuits,
Ô Joie inespérée au fond des solitudes !
Ton baiser est pareil à la saveur des fruits
Et ta voix fait songer aux merveilleux préludes
Murmurés par la mer à la beauté des nuits.

Tu portes sur ton front la langueur et l'ivresse,
Les serments éternels et les aveux d'amour,
Tu sembles évoquer la craintive caresse
Dont l'ardeur se dérobe à la clarté du jour
Et qui te laisse au front la langueur et l'ivresse.

§

Lassitude

Je dormirai ce soir d'un large et doux sommeil…
Fermez bien les rideaux, tenez les portes closes.
Surtout, ne laissez pas pénétrer le soleil.
Mettez autour de moi le soir trempé de roses.

Posez, sur la blancheur d'un oreiller profond,
De ces fleurs sans éclat et dont l'odeur obsède.
Posez-les dans mes mains, sur mon cœur, sur mon
[front,
Les fleurs pâles au souffle amoureusement tiède.

(…) Je dormirai, ce soir, de la mort la plus belle.

Que s'effeuillent les fleurs, tubéreuses et lys,
Et que meure et s'éteigne, au seuil des portes closes,
L'écho triste et lointain des sanglots de jadis…

Pauline Mary Tarn, héritière anglaise de la bonne société, choisit à vingt-trois ans le pseudonyme de « René (puis Renée) Vivien » pour entrer dans la poésie française. Elle était alors, à en juger par ses photographies et le témoignage de sa contemporaine Lucie Delarue-Mardrus, une jeune femme gracile, au beau visage ovale, à la bouche charnue, et aux « lourdes paupières ombragées de longs cils ». Son épaisse chevelure blond foncé lui faisait, au-dessus du front, comme une couronne. Très féminine,

elle s'habillait de robes vagues, noires ou violettes, dont le tissu était quelquefois assez transparent...
En neuf ans, Renée Vivien allait écrire (sans, parfois, les publier) quinze volumes de vers et six volumes de prose. Elle ne vivait que pour écrire... et pour aimer. De cette jeune femme anorexique, on voudrait pouvoir dire qu'elle vivait d'amour et d'eau fraîche, mais elle n'avait que trop tendance à remplacer l'eau par l'alcool... Ce qui eut des effets dévastateurs sur son organisme affaibli par le jeûne ou les extravagances alimentaires.
À Paris, Renée sortait rarement de son appartement proche du bois de Boulogne. Un appartement meublé dans le style orientalisant à la mode du temps. Les portes-fenêtres ouvraient sur un jardin japonais. La jeune femme vivait là dans une odeur d'encens et de violettes (sa fleur préférée), comme une plante exotique dans une serre chaude. Elle ne quittait l'appartement que pour fuir parfois, sur un coup de tête, au bout du monde : le Japon, Hawaï, Constantinople, les États-Unis – et, bien sûr, Mytilène et l'île de Lesbos où avait vécu la poétesse Sappho.
Elle eut, avec la riche et blonde Américaine Natalie Barney, une liaison passionnée et douloureuse.
Natalie qui, dans sa maison de Neuilly, puis dans celle de la rue Jacob, donnait de grandes « fêtes saphiques », n'était pas poète – elle écrivait des aphorismes, des souvenirs, des pensées, des portraits. Le titre d'*Éparpillements* qu'elle donna à l'un de ses ouvrages correspond aussi bien à sa production littéraire qu'à sa vie sentimentale.
En parfaite amazone qu'elle était (elle avait bluffé les Américains par ses exploits équestres), Natalie courtisait toutes les dames qui passaient à sa portée : elle avait

commencé ses exploits amoureux dans le « demi-monde », en séduisant la célèbre courtisane Liane de Pougy, qui, en 1901, raconta cette expérience dans un livre à scandale, *Idylle saphique*. Elle poursuivit ses conquêtes dans le monde artistique, puis dans le « grand monde » en s'affichant avec la duchesse de Clermont-Tonnerre. Dans l'intervalle, elle avait « eu » Colette, Isadora Duncan, Mata Hari, une cantatrice, deux ou trois actrices, bref, tout ce qui comptait… « J'aime trop les commencements pour savoir aimer autre chose », avouait-elle dans *Éparpillements*. Évidemment, ce n'était pas là la compagne qu'il fallait à la sensible et fragile Renée Vivien. Mais, en vertu de la loi qui veut qu'avant trente ans on s'éprenne toujours de son contraire, Renée aima passionnément cette Don Juane, souffrit de ses innombrables infidélités, condamna son comportement de bacchante et ce qu'elle appelait « ses orgies », et finit, après moultes ruptures et réconciliations, par rompre pour de bon. De cet amour pour une femme qu'elle n'estimait pas, on trouve de nombreux échos dans son œuvre : « Lucidité » par exemple (*L'art délicat du vice occupe tes loisirs* ou *Tu n'aimes que le faux et l'artificiel…*), ou encore « Ondine » (*Tes froids baisers aiment le mal qu'ils font…*). Pour peindre Natalie, son corps, son âme, ce sont des accents baudelairiens que retrouve Renée.
De cette liaison tourmentée, elle tenta de se consoler en s'éprenant d'une douce petite Turque rencontrée à Constantinople, Kérimé, épouse d'un diplomate. Mais il s'agissait surtout d'un « amour de tête », d'une liaison essentiellement épistolaire : une jeune femme turque, mariée et vivant à Constantinople, n'avait guère d'occasions de « pécher »… D'ailleurs, le diplomate fut

bientôt nommé à Saint-Pétersbourg, et la tendre Kérimé sortit de la vie de Renée.
Entre-temps, la jeune Anglaise s'était éprise de la baronne Hélène Van Zuylen, qui, bien que mariée elle aussi, conduisait sa vie avec l'autonomie et l'autorité que donnent une grande naissance et une grosse fortune. La baronne fit de son mieux pour protéger Renée de sa tristesse et de ses démons. Sans doute n'y parvint-elle pas ; en tout cas, en 1907, après cinq ans de liaison, elle la quitta pour une autre. Renée fit une tentative de suicide au chloral : *Je dormirai ce soir d'un large et doux sommeil...* Elle écrivit encore, des vers de onze syllabes qui étaient sa spécialité, des sonnets, mais les forces lui manquaient ; en vérité, elle se laissa mourir – à trente-deux ans elle ne pesait plus que trente kilos...
Ainsi disparut Renée Vivien, au milieu de ses violettes, exsangue et ruinée. La baronne Van Zuylen assuma, non sans panache, les frais d'inhumation de la poétesse : elle lui fit construire, dans un cimetière chic (celui de Passy), une tombe chic (une chapelle). Tous les ans, au printemps, la tombe se couvre de bouquets de violettes déposés là par des admiratrices anonymes.
Mais, en dehors de ces quelques émules de Sappho, fidèles à la jolie petite Anglaise qu'on avait surnommée « la Muse aux violettes », qui – quel poète ? quel journaliste ? quel critique ? – se souvient encore de Renée Vivien, qui fut la poésie même ? Admettons encore qu'elle ne soit pas assez « convenable » pour figurer dans les livres de classe, mais pourquoi ne la trouve-t-on presque plus dans les anthologies ? Scandaleux oubli qu'elle semble avoir elle-même tristement anticipé : *Sans hâte et sans effroi, je rentre dans la nuit / Avec tout ce qui glisse, avec tout ce qui fuit...*

Anna de Noailles
(1876-1933)

T'aimer. Et quand le jour timide…

T'aimer. Et quand le jour timide va renaître,
Entendre, en s'éveillant, derrière les fenêtres,
Les doux cris jaillissants, dispersés, des oiseaux
Éclater et glisser sur la brise champêtre
Comme des grains légers de grenades sur l'eau…
– T'espérer ! Et sentir que le golfe halète
En bleuâtres soupirs vers le ciel libre et clair ;
Et voir l'eucalyptus, dans la liqueur de l'air,
Agiter son feuillage ainsi que des ablettes !
– Voir la fête éblouie et profonde des cieux
Recommencer, et luire ainsi qu'au temps d'Homère,
Et, bondissant d'amour dans la sainte lumière,
La montagne acérée incisant le ciel bleu !
– Et t'attendre ! Goûter cette impudique ivresse
De songer, sans encor les avoir bien connus,
À ton regard voilé d'amour, à tes bras nus,
Au doux vol hésitant de ta jeune caresse
Qui semble un chaud frelon par des fleurs retenu !
– Et puis te voir enfin venir entre les palmes,
Innocent, assuré, sans crainte, les yeux calmes,
Vers mes bras enivrés où le destin fatal
Te pliera durement et te fera du mal.
– Alors saisir tes mains, comme la brusque chèvre

Mord la fleur de cassie et rompt le myrte étroit ;
Et, les yeux clos, avoir, pour la première fois,
Bu l'humide tiédeur qui dort entre tes lèvres (...).

§

Vous emplissez ma vie

Vous emplissez ma vie et vous êtes ailleurs,
Votre esprit loin du mien voit se lever l'aurore (...).

Mon cœur toujours tendu et prolongé vers vous
Ressemble par l'effort à ces rades marines
Qui jettent sur les flots un bras triste et jaloux
Vers les dansants vaisseaux qu'entraînent les ondines.

(...) Je le sens bien, ta vie est la cible éclatante
Que vise mon angoisse avide et haletante ;
Je rêve d'un désert où ton doux front, penché,
Souffrirait avec moi la soif et la famine...
– Ô mon cher diamant, je suis la sombre mine
Qui souhaite garder ton noble éclat caché !

Est-ce donc pour mourir que je t'ai recherché ?

§

Vous êtes mort un soir

Vous êtes mort un soir à l'heure où le jour cesse.
Ce fut soudain. La douce et terrible paresse
En vous envahissant ne vous a pas vaincu.
Rien ne vous a prédit la torpeur et la tombe.
Vous eûtes le sommeil. Moi, je peine et je tombe,
Et la plus morte mort est d'avoir survécu.

§

J'écris pour que le jour…

J'écris pour que le jour où je ne serai plus
On sache comme l'air et le plaisir m'ont plu,
Et que mon livre porte à la foule future
Comme j'aimais la vie et l'heureuse Nature (…).

J'ai dit ce que j'ai vu et ce que j'ai senti,
D'un cœur pour qui le vrai ne fut point trop hardi,
Et j'ai eu cette ardeur, par l'amour intimée,
Pour être, après la mort, parfois encore aimée,

Et qu'un jeune homme, alors, lisant ce que j'écris,
Sentant par moi son cœur ému, troublé, surpris,

Ayant tout oublié des épouses réelles,
M'accueille dans son âme et me préfère à elles…

§

S'il te plaît de savoir jusqu'où…

S'il te plaît de savoir jusqu'où
Irait mon amour triste et fort,
Jusqu'où, dans son terrible essor,
S'avanceraient, à pas de loup,
Le long de ton destin retors,
Mon besoin, mon désir, mon goût
De ta pensée et de ton corps :

Je t'aimerais même fou,
Je t'aimerais même mort.

§

Il fera longtemps clair ce soir…

Il fera longtemps clair ce soir, les jours allongent,
La rumeur du jour vif se disperse et s'enfuit,
Et les arbres, surpris de ne pas voir la nuit,
Demeurent éveillés dans le soir blanc, et songent…

Les marronniers, sur l'air plein d'or et de lourdeur,
Répandent leurs parfums et semblent les étendre ;
On n'ose pas marcher ni remuer l'air tendre
De peur de déranger le sommeil des odeurs.

De lointains roulements arrivent de la ville…
La poussière, qu'un peu de brise soulevait,
Quittant l'arbre mouvant et las qu'elle revêt,
Redescend doucement sur les chemins tranquilles.

Nous avons tous les jours l'habitude de voir
Cette route si simple et si souvent suivie,
Et pourtant quelque chose est changé dans la vie,
Nous n'aurons plus jamais notre âme de ce soir…

§

Impérieux mais indolent

Impérieux mais indolent,
Tu parcours durement la vie,
Ayant jadis connu l'envie
De rêver, d'un cœur triste et lent.
Mais, comme un lutteur qu'on offense,
Tu repousses d'un brusque élan
Ces noblesses de ton enfance ;
Ton œil est froid et vigilant.

– Puissé-je mourir en brûlant !

§

Nul lit, nulle chambre, nul toit…

Nul lit, nulle chambre, nul toit
N'affaibliront mon épouvante
Que tu sois mort et moi vivante.

– Dans le sol noir, étroit et froid,
J'ai un rendez-vous avec toi !

Princesse roumaine, Anna de Brancovan épouse, à dix-neuf ans, Mathieu, comte de Noailles. C'est sous ce nom de « Comtesse de Noailles » qu'elle publie à vingt-quatre ans, en 1901, son premier recueil de vers, *Le Cœur innombrable*. Grand succès mondain, et grand succès littéraire. Anna est riche, noble, élégante, cultivée, et belle, d'une beauté sombre et tout orientale. À peine apparue sur la scène du monde, elle y est célébrée. Dès l'année suivante, elle publie *L'Ombre des jours*, suivi des *Éblouissements*, puis du *Poème de l'amour*. L'amour n'est pas, pourtant, le thème principal de son œuvre, ni, sans doute, la première préoccupation de sa vie : bien qu'elle emploie beaucoup le mot *cœur*, Anna suscite plus de passions qu'elle n'en éprouve : on lui imputera même le suicide d'un jeune neveu de Maurice Barrès, Charles Demange, qu'elle avait repoussé. Quant à son mariage avec Mathieu de Noailles, c'était, à l'évidence, un mariage arrangé, et, dès qu'elle eût donné à son mari un fils pour assurer l'avenir de sa lignée, elle jugea avoir rempli sa mission et se dispensa du « devoir conjugal ». On lui prête alors une liaison avec un jeune normalien, Henri Franck, proche de Maurice Barrès, lequel est – avec Rostand, Claudel, Gide ou Valéry – l'un des piliers de son salon littéraire. Mais le jeune homme aimé meurt de tuberculose à vingt-quatre ans. C'est sans doute cette disparition brutale qui inspirera à la poétesse plusieurs poèmes sur la mort de l'amant, une disparition qui réveille aussi chez elle des chagrins antérieurs et d'anciennes tristesses : Anna était orpheline à dix ans. *Et la plus morte mort est d'avoir survécu*, écrit-elle.

Elle ne parlera plus beaucoup des hommes et on ne lui prêtera plus aucune liaison (« cerveau bouillant et sang froid », dira d'elle André Gide) ; désormais, sa sensualité, pourtant bien réelle, s'exprimera toute dans la communion avec la Nature, la beauté des jardins, l'odeur d'un bosquet d'orangers, le chant de la cigale, la poussière des chemins… L'autre thème récurrent chez cette « romantique moderniste » est celui de la mort. On en retrouve l'écho dans le titre même de ses derniers recueils : *Les Vivants et les Morts*, ou *L'Honneur de souffrir*. Il est vrai qu'elle est elle-même d'une santé fragile : la plupart du temps, d'ailleurs, elle reçoit allongée sur un lit de repos ou une chaise longue. Octave Mirbeau la décrira « idole étendue, vaporeuse et orientale, sur des coussins »… Elle craint la mort à venir autant qu'elle pleure les deuils passés, et elle s'étonne de sa propre complaisance à la mélancolie : *Pourquoi est-on si triste encore / Quand le destin est favorable / Et pourquoi cette inéluctable / Inclination vers la mort ?*

Souffrant de maux divers et surtout de violents acouphènes, elle dort peu. Mais, dès qu'elle est en société, la dépression fait place à une extrême volubilité – d'esprit et de paroles. Selon quelques mauvaises langues, la « mourante », alors, ne laisse plus placer un mot à personne… Pas même à Colette ou Cocteau, devenus ses amis.

Les honneurs pleuvent sur cette écorchée vive aux alexandrins bien calibrés : distinguée par l'Académie française dès sa première publication, élue (première femme dans ce cas) membre de l'Académie royale de Belgique, elle sera, en 1904, l'une des fondatrices du prix Femina et, bientôt, la première femme commandeur de la Légion d'honneur.

Aucune femme poète n'aura été aussi consacrée qu'elle le fut en son temps. Mais, comme on voit dans son charmant poème « J'écris pour que le jour… », elle avait espéré encore davantage : une éclatante renommée *post mortem*, l'hommage éperdu de la postérité, la première place dans les dictionnaires de littérature et dans la mémoire des hommes. Les a-t-elle obtenus ?

Hélène Picard
(1873-1945)

Hymne au bien-aimé

Ô jeune corps de joie où la splendeur circule,
Je te glorifierai dans la vague du blé,
Dans les grands horizons, lorsque le crépuscule
Ouvre une route bleue au silence étoilé.

Ô jeune fleur de vie, ô chair pure et sacrée,
Ô corps du bien-aimé, je te louerai le jour,
Lorsque la terre boit la lumière dorée,
Quand le soleil est beau comme un rire d'amour.

Je te retrouverai dans les vignes ardentes,
Dans la mûre si lourde aux doigts de la chaleur,
Dans le parfum du foin et des roses brûlantes,
Et dans le tiède sol et dans les fruits en fleur.

Je te désirerai dans les plantes de l'ombre,
Je te savourerai dans le pain du matin,
Je boirai ta douceur au cœur de la nuit sombre,
Et, dans le fleuve beau, je verrai ton destin (…).

Je te respirerai dans les vents de l'automne,
Dans les vents où tournoient les fous insectes d'or,
Ivres, dans le verger qui s'effeuille et rayonne,
D'avoir goûté les fruits et pressenti la mort.

Ô bien-aimé, fraîcheur, parfum de la colline
Ô clarté de mes yeux, ô rythme de mon cœur,
Je mouillerai ta chair d'une larme divine
Et je m'effeuillerai sur toi comme une fleur (...).

§

La bonne joie

(...) J'adore votre forme exacte et son contour,
L'éclat matériel de votre belle lèvre,
Votre vigueur qui monte et vous fait de la fièvre
Et précipite en vous le besoin de l'amour.

Combien c'est net et bon, combien cela m'enchante !...
Je pense à votre faim, à votre beau sommeil,
Je me dis : « Il est plein de sève et de soleil,
Et la joie est sur lui comme l'eau sur la plante. »

Vous avez, mon amour, la poignante douceur
De l'animal qui boit, qui marche et qui désire
Et même, sans vos pleurs, vos rêves, votre rire,
Vous avez, par le sang, une haute splendeur.

J'écoute votre pas, j'entends votre soupir (...)
Et je ris tendrement lorsque je me rappelle
Vos cheveux, une fois, emmêlés par le vent...

§

Pénétration

J'aurai goûté vos yeux, votre front, votre main
Plus que je n'ai goûté l'eau limpide et le pain,
Votre bouche m'aura pour toujours abreuvée,
Votre âme je l'aurai tout entière rêvée,
Je vous ai convoité comme on convoite l'or,
Je vous ai possédé comme on étreint la mort,
Je vous ai parcouru comme une route neuve,
Vous avez ondoyé dans mes bras comme un fleuve,
J'ai chargé votre front de toute la beauté,
Je n'ai plus su qu'en vous recueillir la clarté.
Toutes mes nuits n'étaient faites que de votre ombre,
Et vous m'avez semblé sans limite et sans ombre,
Et vous m'avez paru grand de tout l'univers.
En moi vous affluiez avec le bruit des mers,
Avec les cris humains et le souffle du rêve,
Vous étiez doux en moi de même qu'une grève,
Sonore comme un bois quand les vents sont épars,
Vous avez à jamais habité mes regards,
Vous m'avez faite triste et splendide sans trêve
Comme, sur une tour, une reine qui rêve. (...)
J'aurai bu votre vie à la source d'eau vive,
Vous fûtes l'éternel dans l'heure fugitive,
Je vous dois l'infini, le songe, la douleur,

Et vous avez changé le rythme de mon cœur.
Je vous dois la vertu, la colère sacrée,
Ce livre tout ouvert par sa porte dorée (…).
En tous lieux, je vous ai, dans mon ombre, emporté,
Vous fûtes ma maison et je vous ai planté,
À jamais, comme un arbre au milieu de ma vie…

§

Jamais il ne m'a dit…

Jamais il ne m'a dit : « Je suis ton bien-aimé,
Je suis ton cœur, ta joie éclose,
Penchons-nous l'un vers l'autre, en un souffle
[embaumé.
Moi le silence, toi la rose… »

Jamais il n'est venu à ma porte s'asseoir,
Si beau d'avoir vu la vallée
Et d'avoir regardé flotter l'ombre du soir
Et ma chevelure étoilée.

Jamais il ne m'a dit : « Je suis ton bien-aimé,
Ton heure entre toutes choisie,
Mon âme est près de toi comme un livre fermé
Où bourdonne la poésie ». (…)

§

Hélène Picard

Au mauvais garçon

(…) Bientôt je ne vis plus que toi
Dans ma souffrance solitaire,
Et de mon âme en désarroi
Naissait un vers involontaire.

Oh ! ce besoin si doux, si fort,
Dans les désespoirs unanimes,
De réciter même à la mort
Le rosaire enchanté des rimes !

Mais dans ma sombre affliction
Destinée aux plus purs miracles
Ce fut l'étrange invasion
Soudain de tes pires spectacles.

Certes, j'aurais pensé à Dieu
Qui se doit à mon épitaphe
Si je n'eusse été au milieu
Des bars peuplés d'un phonographe (…)

Là tes regards durs et dorés
Ne me feront-ils plus d'aumônes
Quand des filles, les reins cambrés,
Descendent des affiches jaunes ?

Ne surprendrai-je plus les jeux
De tes coupables rêveries

Dès que l'alcool met dans leurs yeux
Pour quatre francs de pierreries ?

Ne sentirai-je plus l'odeur
De ta cigarette méchante
Mais moins âcre que ta candeur
Et sans doute moins décevante ?

Devrai-je oublier la fraîcheur
De ta gorge si pécheresse,
Toi qui fus ma bête et ma fleur
Et la jungle de mes caresses ?

N'irai-je plus sur les fortifs
Cueillir la pâquerette en peine
Et boire dans tes mots plaintifs
L'absinthe pauvre de Verlaine ?

Je parlais à leur beau patron
Tout en saluant d'une plainte
Le vert, le léger liseron
Qu'offre à ses poètes l'absinthe.

(...) Entre l'œillet et le vermout,
Un éventail de bois groseille,
Les gigues rouges d'un atout
Autour d'une lourde bouteille,

Les harengs frits, L'Ami Victor,
Les fleurettes de la banlieue,
Le tir plein de dames de cœur,
D'œufs dorés, de clowns, de peluches,

Le petit manège, bazar
D'airs démodés, de perles jaunes,
Et ton céleste boulevard (...),

Ma solitude les aima.
Tout n'est donc que ferveur et piège ?
Un soir tu passas sur la neige,
Et la lanterne s'alluma.

§

Sous le bosquet

Versez... Sous les ballons d'un quartier de
[Bohême,
Dans la pure fraîcheur de ce bosquet désert,
L'accent d'un violon, l'appel de ce que j'aime,
Il me plaît de lever un verre rouge ou vert.

(...) Bonsoir, ô Souvenir, aérien fantôme.
Prends place et parle-moi de mon mauvais garçon,
Mais du meilleur de lui, de ce secret royaume
Qu'il bâtit à vingt ans avec une chanson. (...)

Verse !... Lui ? Un bleuet assoiffé de débauche...
Un lis à la main droite, un pain à la main gauche
(...)

Si divers, ce garçon !... Aimais-tu ses cravates ?
Vertes quand il pleuvait... Roses quand il fut soûl...
Son cœur était sans prix comme un bouquet d'un
[sou

(...) Verse encor... Rends-moi cet air à primevères,
Cet espace bloqué par de gros seringas,
La belle lune assise aux côtés de mon gas,
Cette halte du temps, cette fraîcheur des verres,
Tous ces jaunes ballons que regardaient les chats !

...Le premier rendez-vous, blanc d'un pigeon qui
[vole,
L'escalier qui faisait des scènes à la cour :
Histoires de pinsons, de dèche, d'herbe folle...
(...) Mon Dieu, de quoi, pourtant, est fait un grand
[amour !

Verse... Verse... Dis tout : la ruche du moka
Aux tendres cabarets mouillés d'un peu de vigne,
Ses bouges séquestrant un air de mazurka,
Son étrange génie : il arbora le Signe
De la Lanterne rouge au chapeau de lilas (...).

...Verse, Spectre enchanté... Encore une bouteille ?
Là-bas, des rossignols disent leur cher souci,
Rossignols de son cœur, ma dernière Merveille,
Si vous chantez, ce soir, c'est que je suis ici.

Chantez !... Sous les ballons d'un quartier de Bohême,
Dans la pure fraîcheur de ce bosquet désert,

L'accent d'un violon, l'amour de ce que j'aime,
Il me plaît de lever un verre rouge ou vert.

§

La vie

Je crus à la fierté d'un certain déshonneur,
Aux ferveurs du vermouth, aux rêves des lanternes,
À ce rouge as d'amour, à ce riche as de cœur
Beau comme l'incendie, l'échafaud, les casernes…

J'ai chéri les printemps peints sur les murs des bars,
Entre les miroirs purs et le bruit de fontaine,
Aimé, par les soirs doux, humectés de brouillard,
L'absinthe au fifre vert qui secourait Verlaine.

Hélas ! il fallait bien, dans d'étranges quartiers,
Confondre le couchant, les clairons, les oranges,
La lueur des quinquets et la peine des Anges,
Les cerfs-volants et les clowns dédorés.

Il fallait bien vouloir ce désordre de foule,
D'affiches au cœur jaune et de louches clartés,
Et la flûte dont l'âme inconsolable coule
Sur le seuil pluvieux des cirques désertés.

Je crus au tendre accueil des pauvres crémeries,
À l'abjecte bonté des chansons de coiffeurs,
À la pitié de l'aube et de ma rêverie
Quand l'assassin traqué rencontre un char de fleurs.

Je crus, vraiment, à l'héroïsme des bastringues,
Aux batailles d'azur des punchs et des ballons,
À la séduction foraine des meringues,
Aux acides amours, frais comme des citrons.

(…) « Hé là ! » Je commandais le gros pot de verveine,
La guitare, l'ombrage, un roman à neuf sous,
Et je laissais danser mon âme suburbaine
Sur la sévérité pompeuse des voyous.

Mon lyrisme ? Ah ! garçon chéri, mais, pour te plaire,
Je lui tranchai la tête avec le couteau fin
Dont je te menaçais, dans mes jours de colère,
Quand le vent des fortifs avait mordu ma main.

Ma candeur suspendait en guirlande, aux tonnelles,
Son âcre odeur de feuille et son papier vermeil ;
Mon gosier de colombe était plein de querelles,
J'avais les griffes d'or des chattes au soleil.

J'étais fière d'avoir pris l'infâme défroque
Afin de t'étonner, ô mon mauvais garçon,
Et d'avoir surpassé la bravade équivoque
Qui luit de ton œil jaune à ta jeune chanson.

(…) « Hé là ! » Nous commandions la bouteille de vin :
On la servait entre tes vices et mes roses.

Eh ! que veux-tu ? Je t'ai payé argent comptant.
Que tu me coûtas cher, mon rare et beau complice !
J'ai cru que c'était vrai, dans ton œil éclatant,
L'assassinat, l'or faux et le feu d'artifice. (…)

Parce que j'adorais les cache-nez vert aigre,
La giboulée en fleur dans des quartiers sournois,
J'ai cru que c'était vrai le printemps de la Pègre,
Et ses durs chevaliers et leurs chevaux de bois.

Crois-tu ? Quel romanesque ! Et j'étais si sincère…
J'ai cru que c'était vrai, bien vrai, toi, moi et nous,
Les hottes de lilas au dos de la misère,
Les astres du manège au fond des yeux jaloux…

(…) Il pleut. Ma porte est close, et… Madame est
[servie !
Que tu es loin ! Je peux ne jamais te revoir.
J'entends les pas des bons bourgeois, sur le trottoir.
Une Ombre sans éclat me dit : « Je suis la Vie… »

D'humbles, de tristes voix crient les journaux du soir.

Née à Toulouse dans une famille ariégeoise, Hélène Dumarc épousa en 1898, à vingt-cinq ans, Jean Picard, un jeune sous-préfet qu'elle suivit dans l'Ardèche où il venait d'être nommé. Avant son mariage, cette jolie jeune

femme au visage rond, à la taille fine, coiffée à la « Casque d'or », écrivait déjà beaucoup, des vers sensuels et même, inconsciemment, érotiques : tout son être appelait la rencontre amoureuse – elle ne supportait plus d'être « une jeune fille » et aspirait à *se sentir mourir du frisson d'être femme, femme jusqu'au gémissement.*
Il semble qu'avec son mari elle fut comblée : *Ce fut un incendie, un vertige, une crue*, écrit-elle avec sa franchise habituelle. C'est pour son époux en tout cas qu'elle écrivit l'« Hymne au bien-aimé », « La Bonne Joie » ou « Pénétration ». Un peu poète lui-même (il avait concouru, comme Hélène, aux Jeux floraux de Toulouse), le sous-préfet sut encourager le talent naissant de son épouse ; elle publia bientôt, chez un éditeur local, une « pièce lyrique en cinq actes et en vers », puis, en 1907, *L'Instant éternel*, qui la fit remarquer des hommes de lettres parisiens : les critiques furent unanimes dans l'admiration – « les plus beaux vers d'amour qu'une femme ait écrits depuis Marceline Desbordes-Valmore », assura-t-on, et le très influent Émile Faguet écrivit : « Elle est devenue un grand poète. » L'Académie française lui décerna son prix annuel de poésie.
Hélène Picard resta néanmoins dans sa province ; elle chanta, non sans talent, Privas et les paysages ardéchois dans « Petite ville, beau pays ». Mais les Parisiens se moquaient bien de l'Ardèche ! Elle fit aussi jouer son drame lyrique dans le théâtre antique d'Orange – comme si les Parisiens d'alors allaient « pousser » jusqu'à Orange ! Ainsi que l'écrivit un critique quelques années plus tard, ces ouvrages, « introuvables en librairie, ne parvinrent

jamais jusqu'au public... » Hélène Picard finit par comprendre que tout se jouait dans la capitale – cette capitale où son métier interdisait à son mari de la suivre. Mais de toute façon, le couple, resté sans enfants, commençait à se défaire. « Le dédain vient si vite après l'amour », avouait Hélène...
En 1915, les époux se séparèrent. Hélène « monta » à Paris ; sans métier et sans relations, elle put, grâce à l'accueil réservé autrefois à *L'Instant éternel*, trouver quelques piges dans des journaux, elle collabora à des revues, fit du secrétariat. C'est ainsi qu'au journal *Le Matin* elle rencontra Colette, dont elle devint pendant trois ans la secrétaire. À cette relation professionnelle succéda bientôt une relation amicale : Hélène accompagna Colette, devenue madame de Jouvenel, dans sa villa bretonne de Rozven. À en juger par les photographies, elle poussa même l'admiration pour sa patronne jusqu'à adopter sa coiffure de « chien fou » : elle coupa ses longs cheveux bouclés pour adopter le cheveu court et hirsute. Et, toujours par mimétisme, elle s'essaya au roman, avec *Sabbat* que Colette préfaça. Mais le roman n'était pas vraiment son genre...
Il fallut qu'elle fît, toujours par Colette, la connaissance de Francis Carco, lui-même alors romancier à succès, pour revenir à l'amour et à la poésie : les deux étaient, chez elle, indissolublement liés...
Carco, auteur de *Jésus-la-Caille* (l'histoire d'un proxénète et de quelques dames du « milieu »), lui fit en effet découvrir Montmartre, où il vivait alors avec ses amis du Bateau-Lavoir, puis les « fortifs », les bars interlopes, les fêtes foraines de banlieue. Hélène Picard, la sage sous-

préfète qui, sortie de Privas, n'avait sans doute jamais dépassé les Grands Boulevards, se prit soudain de passion pour le *doux caboulot blotti sous les branches*, les terribles Apaches et les méchants troquets où, en dépit de la loi, on servait encore de l'absinthe. Elle se prit aussi de passion pour son guide : elle tomba amoureuse à la folie du jeune romancier (il avait treize ans de moins qu'elle), mais ne fut pas, apparemment, payée de retour – pour Carco, elle ne compta guère, il finit même par la fuir…

Qu'importe ! Hélène qui, dans sa jeunesse, écrivait *Je sens que je péris de n'être pas aimée*, avait besoin, pour vivre et pour écrire, d'aimer, plus encore que d'être aimée. Sa passion pour Carco renouvela totalement sa manière d'écrire : rythme plus syncopé, dialogues, ruptures, apostrophes, exclamations, recours à l'argot et aux expressions populaires… Fini l'alexandrin qui ronronne ! Le décor aussi est nouveau dans son œuvre : les bistrots, les bastringues, les cirques miteux et le *vent des fortifs*.

Elle avait toujours été franche dans l'expression de l'amour, elle devint hardie et même impudique. Violente et amère. Le recueil paru en 1927 sous le titre de *Pour un mauvais garçon* met en scène une bourgeoise solitaire, naïve, follement éprise d'un garçon des faubourgs, plus jeune qu'elle, frimeur, buveur, menteur ; mais s'il cultive les mauvaises fréquentations, l'amant n'est pas un héros de la pègre : tout juste un Apache en peau de lapin, qui moque le « romanesque » de son amoureuse tout en venant lui faire soigner ses petits bobos et pleurer dans son giron…

Certains des poèmes de ce règlement de comptes littéraire sont de purs chefs-d'œuvre, en particulier celui qu'Hélène

Picard intitule « La Vie ». Certes, la poétesse garde encore quelques-uns des défauts que signalaient déjà en 1907 des critiques avisés : tendance au bavardage, et goût regrettable pour l'hermétisme et l'obscurité – certains vers en forme de charades ou de *private jokes* déconcertent totalement le lecteur. Il n'empêche : Hélène Picard, à travers cet amour et le livre qu'il lui inspirait, s'était détachée du genre « Académie française », elle regardait maintenant davantage vers Baudelaire, Rimbaud, Verlaine… et c'est l'homme aimé qui devenait muse, elle qui assumait la virilité.

Désormais, la petite sous-préfète était parvenue au sommet de son art, un art résolument moderne, âpre, aigu, sauvage, bigarré, et néanmoins lyrique, musical. Cette « complainte de la mal-aimée » ne connaîtra pourtant pas le succès. Le livre ne sera même jamais réédité. Hélène Picard s'enfonce dans sa solitude (*Ah ce cœur triste, ce cœur fou, / Que ne puis-je, comme un caillou, / Le saisir, l'arracher d'un coup, / Et le lancer je ne sais où !*) ; peu à peu elle perd la santé, souffre d'une maladie osseuse qui la cloue de longs mois dans son lit et d'une dépression qui la pousse à fuir toute compagnie ; elle tombe dans la misère.

Lorsqu'elle meurt, à la fin de la Seconde Guerre mondiale, Colette écrit qu'Hélène Picard a eu « une fin affreuse de poète romantique et pauvre. Mais sa solitude était si savamment organisée que personne ne pouvait plus entrer ».

Catherine Pozzi
(1882-1934)

Ave

Très haut amour, s'il se peut que je meure
Sans avoir su d'où je vous possédais,
En quel soleil était votre demeure
En quel passé votre temps, en quelle heure
Je vous aimais,

Très haut amour qui passez la mémoire,
Feu sans foyer dont j'ai fait tout mon jour,
En quel destin vous traciez mon histoire,
En quel sommeil se voyait votre gloire,
Ô mon séjour…

Quand je serai pour moi-même perdue
Et divisée à l'abîme infini,
Infiniment, quand je serai rompue,
Quand le présent dont je suis revêtue
Aura trahi,

Par l'univers en mille corps brisée,
De mille instants non rassemblés encor,
De cendre aux cieux jusqu'au néant vannée,
Vous referez pour une étrange année
Un seul trésor

Vous referez mon nom et mon image
De mille corps emportés par le jour
Vive unité sans nom et sans visage,
Cœur de l'esprit, ô centre du mirage
Très haut amour.

§

Nyx
(dédié à Louise Labé)

(...) Ô grand désir, ô surprise épandue
Ô beau parcours de l'esprit enchanté
Ô pire mal, ô grâce descendue
Ô porte ouverte où nul n'avait passé

Je ne sais pas pourquoi je meurs et noie
Avant d'entrer à l'éternel séjour.
Je ne sais pas de qui je suis la proie.
Je ne sais pas de qui je suis l'amour.

§

Vale

La grande amour que vous m'aviez donnée
Le vent des jours a rompu ses rayons –
Où fut la flamme, où fut la destinée
Où nous étions, où par la main serrée
Nous nous tenions.

Notre soleil, dont l'ardeur fut pensée
L'orbe pour nous de l'être sans second
Le second ciel d'une âme divisée
Le double exil où le double se fond

Son lieu pour vous apparaît cendre et crainte
Vos yeux vers lui ne l'ont pas reconnu
L'astre enchanté qui portait hors d'atteinte
L'extrême instant de notre seule étreinte
Vers l'inconnu.

Née dans une famille parisienne aisée et cultivée, Catherine Pozzi, « jeune femme laide et gracieuse », avait épousé sans amour Édouard Bourdet, « auteur de boulevard » alors couronné de succès. Trois ans plus tard, elle fut atteinte de la tuberculose. Elle mena dès lors, et jusqu'à sa mort, la vie retirée d'une grande malade, une vie ascétique dont on trouve l'écho dans sa poésie – une poésie comme décharnée, réduite à l'arête, quasi abstraite et ramenée

à l'essentiel : l'âme, ou, pour mieux dire ici, l'esprit. Elle ne nous a laissé d'ailleurs qu'une mince plaquette de vers : jamais un mot de trop, jamais un épanchement, le recours à un vocabulaire un peu précieux (*les nues, l'orbe*) et à des sons durs, des voyelles heurtées – chez elle point de complaisance pour le lecteur, hors le plaisir, enchanteur, d'une métrique parfaite.
Littérairement, Catherine Pozzi avouait deux grandes admirations : la poésie de la Renaissance, en particulier celle de l'école lyonnaise réunie autour de Louise Labé et de Maurice Scève, et les poèmes de Paul Valéry, son contemporain : comme lui, elle goûtait plus que tout, en poésie, le décasyllabe, dont elle fit un usage quasi exclusif. Valéry devint son ami. Puis il fut, pendant huit ans, son amant. Liaison tumultueuse, d'autant plus difficile parfois que Catherine, du fait des douleurs causées par sa maladie, était tantôt sous morphine, tantôt sous laudanum... Valéry se lassa des angoisses, des plaintes et des sautes d'humeur : il rompit. Catherine ne s'en remit pas. Au point d'ordonner, dans son testament, qu'on détruisît toute leur correspondance...
De fait, en dépit d'une réserve un peu hautaine et d'une forme poétique qui n'a d'autre but que sa propre perfection, on sent percer sous les mots de Catherine Pozzi, et malgré elle, une solitude amère et un grand désespoir. *Je ne sais pas de qui je suis la proie, / Je ne sais pas de qui je suis l'amour* : ces vers, qui terminent le poème « Nyx », sont les derniers qu'elle écrivit, trois semaines seulement avant sa mort...

Cécile Sauvage
(1883-1927)

Je suis belle d'être aimée

Mais je suis belle d'être aimée
Vous m'avez donné la beauté,
Jamais ma robe parfumée
Sur la feuille ainsi n'a chanté,
Jamais mon pas n'eut cette grâce
Ni mes yeux ces tendres moiteurs
Qui laissent les hommes rêveurs
Et les fleurs même, quand je passe.

§

Je t'ai écrit au clair de lune

Je t'ai écrit au clair de lune
Sur la petite table ovale,
D'une écriture toute pâle,
Mots tremblés, à peine irisés
Et qui dessinent des baisers.
Car je veux pour toi des baisers
Muets comme l'ombre et légers

Et qu'il y ait le clair de lune
Et le bruit des branches penchées
Sur cette page détachée.

§

Je suis née au milieu du jour

Je suis née au milieu du jour,
La chair tremblante et l'âme pure,
Mais ni l'homme ni la nature
N'ont entendu mon chant d'amour.

Depuis, je marche solitaire,
Pareille à ce ruisseau qui fuit
Rêveusement dans les fougères
Et mon cœur s'éloigne sans bruit.

§

Le cœur tremblant, la joue en feu

Le cœur tremblant, la joue en feu,
J'emporte dans mes cheveux
Tes lèvres encore tièdes.
Tes baisers restent suspendus

Sur mon front et mes bras nus
Comme des papillons humides.
Je garde aussi ton bras d'amant,
Autoritaire enlacement,
Comme une ceinture à ma taille.

§

Je t'apporte ce soir…

Je t'apporte ce soir ma natte plus lustrée
Que l'herbe qui miroite aux collines de juin (…),
Je t'apporte cette âme à robe campagnarde.
Tout le jour j'ai couru dans la fleur des moissons
Comme une chevrière innocente qui garde
Ses troupeaux clochetant des refrains aux buissons…
J'ai bu dans mes doigts joints l'eau rose du ruisseau
Et dans le frais miroir j'ai cru voir ton image.
Je t'apporte un glaïeul couché sur des roseaux (…).
Et mon visage a la rondeur pourpre des baies
Que donne l'aubépine quand les mois sont voilés.
Lorsque je m'en revins, dans les ombres pressées
Le soc bleu du croissant ouvrait un sillon d'or, (…)
Je t'offre la fraîcheur dont ma bouche était pleine,
Le duvet mauve encor suspendu dans les cieux,
L'émoi qui fit monter ma gorge sous la laine
Et la douceur lunaire empreinte dans mes yeux.

§

Enfant, pâle embryon

Enfant, pâle embryon, toi qui dors dans les eaux
Comme un petit dieu mort dans un cercueil de verre.
Tu goûtes maintenant l'existence légère
Du poisson qui somnole au-dessous des roseaux.

Tu vis comme la plante, et ton inconscience
Est un lis entr'ouvert qui n'a que sa candeur
Et qui ne sait pas même à quelle profondeur
Dans le sein de la terre il puise sa substance. (...)

Qui peut dire comment je te serre de près ?
Tu m'appartiens ainsi que l'aurore à la plaine,
Autour de toi ma vie est une chaude laine
Où tes membres frileux poussent dans le secret.

Je suis autour de toi comme l'amande verte
Qui ferme son écrin sur l'amandon laiteux,
Comme la cosse molle aux replis cotonneux
Dont la graine enfantine et soyeuse est couverte.

La larme qui me monte aux yeux, tu la connais,
Elle a le goût profond de mon sang sur tes lèvres,
Tu sais quelles ferveurs, quelles brûlantes fièvres
Déchaînent dans ma veine un torrent acharné.

Je vois tes bras monter jusqu'à ma nuit obscure
Comme pour caresser ce que j'ai d'ignoré,
Ce point si douloureux où l'être resserré
Sent qu'il est étranger à toute la nature. (...)

Les jours que je vivrai isolée et sans flamme,
Quand tu seras un homme et moins vivant pour moi,
Je reverrai les temps où j'étais avec toi,
Lorsque nous étions deux à jouer dans mon âme.

Car nous jouons parfois. Je te donne mon cœur
Comme un joyau vibrant qui contient des chimères,
Je te donne mes yeux où des images claires
Rament languissamment sur un lac de fraîcheur.

Ce sont des cygnes d'or qui semblent des navires,
Des nymphes de la nuit qui se posent sur l'eau.
La lune sur leur front incline son chapeau
Et ce n'est que pour toi qu'elles ont des sourires.

Aussi, quand tu feras plus tard tes premiers pas,
La rose, le soleil, l'arbre, la tourterelle,
Auront pour le regard de ta grâce nouvelle
Des gestes familiers que tu reconnaîtras.

Mais tu ne sauras plus sur quelles blondes rives
De gros poissons d'argent t'apportaient des anneaux
Ni sur quelle prairie intime des agneaux
Faisaient bondir l'ardeur de leurs pattes naïves.

Car jamais plus mon cœur qui parle avec le tien
Cette langue muette et chaude des pensées
Ne pourra renouer l'étreinte délacée :
L'aurore ne sait pas de quelle ombre elle vient.

(…) Tu ne sauras plus rien de moi, le jour fatal
Où tu t'élanceras dans l'existence rude,
Ô mon petit miroir qui vois ma solitude
Se pencher anxieuse au bord de ton cristal.

§

La tête

Ô mon fils, je tiendrai ta tête dans ma main,
Je dirai : j'ai pétri ce petit monde humain ;
Sous ce front dont la courbe est une aurore étroite,
J'ai logé l'univers rajeuni qui miroite
Et qui lave d'azur les chagrins pluvieux.
Je dirai : j'ai donné cette flamme à ces yeux,
J'ai tiré du sourire ambigu de la lune,
Des reflets de la mer, du velours de la prune,
Ces deux astres naïfs ouverts sur l'infini.
Je dirai : j'ai formé cette joue et ce nid
De la bouche où l'oiseau de la voix se démène ;
C'est mon œuvre, ce monde avec sa face humaine. (…)

§

Il est né…

Il est né, j'ai perdu mon jeune bien-aimé,
Je le tenais si bien dans mon âme enfermé,
Il habitait mon sein, il buvait mes tendresses,
Je le laissais jouer et tirailler mes tresses.
À qui vais-je parler dans mon cœur à présent ? (…)
Il était le printemps qui voit notre délire
Gambader sur son herbe et qui ne peut en rire.
Il me donnait la main pour sauter les ruisseaux,
Nous avions des bonheurs et des peines d'oiseaux.
(…) Son souffle était le mien, il voyait par mes yeux.
Son petit crâne avait la courbure des cieux.
Je le tenais des dieux que j'ai conçus moi-même ;
C'était le jardin clos où la vérité sème,
C'était le petit livre où des contes naïfs
Me reposaient de l'ombre et des rayons pensifs.
Ses doigts tendres savaient caresser ma misère.
(…) Maintenant il est né. Je suis seule, je sens
S'épouvanter en moi le vide de mon sang.
Ah ! que je suis petite et l'âme retombée,
Comme lorsque, la graine ayant pris sa volée,
La capsule rejoint ses tissus aplanis.
Ô cœur abandonné dans le vent, pauvre nid !

§

Je savais que ce serait toi

Je savais que ce serait toi
Avec cette petite bouche,
Avec ce front et cette voix,
Ce regard indécis qui louche.

Je savais que ta jeune chair
Aurait ces nacres veloutées,
Que tes mains tapoteraient l'air
Pour saisir la robe des fées.

Je savais la suave odeur
De lait pur qu'aurait ton haleine (…).

Rien de toi ne m'est imprévu,
Petite âme que j'ai tissée. (…)

Quand tu poussas ton premier cri,
Ce cri me sortait des entrailles. (…)

Jusqu'au bout de tes menus doigts
Je me prolonge et me sens vivre. (…)

Afin que d'un rêve jaloux
Je goûte l'intime caresse
Et que je berce la tristesse
De mon âme sur mes genoux.

§

Te voilà hors de l'alvéole

Te voilà hors de l'alvéole,
Petite abeille de ma chair ;
Je suis la ruche sans parole
Dont l'essaim est parti dans l'air. (...)

Mon être est la maison fermée
Dont on vient d'enlever un corps. (...)

Du monde où passe la lumière
Je ne t'offrais que des reflets ;
Et ton œil ouvrit sa paupière
Et ta main poussa les volets.

Te voilà hors de l'alvéole,
Petite abeille de ma chair ;
Je suis la ruche sans parole
Dont l'essaim est parti dans l'air...

Peu de poétesses semblent avoir eu une vie aussi rangée que Cécile Sauvage. Il est vrai que nous devons nous défaire des préjugés romantiques et des conseils d'André Gide : une « existence pathétique » n'est en rien nécessaire aux artistes et, à y regarder de près, les « poètes maudits » ne sont pas légion : bien sûr, il y eut Villon et Rutebeuf, Verlaine et Rimbaud, Baudelaire, Nerval, Bousquet, Artaud,

et une demi-douzaine d'autres. Mais, en face, du côté du bonheur calme et même un peu « popote », on peut aligner Ronsard et Valéry, Claudel et Gautier, Mallarmé et Heredia, Aragon et Racine, Francis Jammes et René Char, Leconte de Lisle et Maeterlinck, et tant d'autres enfin, qu'on pourrait presque dire que quatre-vingt-dix pour cent des poètes français menèrent une vie tranquille et bourgeoise, et ne connurent d'autres tragédies qu'une ou deux déceptions sentimentales – comme tout le monde…
Qu'en fut-il de la douce Cécile Sauvage ? Née en Vendée, fille aimée d'un professeur d'histoire, elle avait suivi son père dans ses diverses affectations et passa une partie de sa jeunesse à Digne. C'est de Digne qu'encore lycéenne elle écrivit au directeur d'une petite revue littéraire provinciale ; le directeur lui répondit ; ainsi s'engagea une correspondance qui, de poétique et critique, devint peu à peu amoureuse. Ce jeune directeur s'appelait Pierre Messiaen, il habitait Saint-Étienne, était professeur d'anglais et avait entrepris une nouvelle traduction de l'œuvre entière de Shakespeare. Comme dans les contes, ils se rencontrèrent, s'aimèrent, s'épousèrent et eurent deux enfants, beaux, solides et artistes : l'un fut Olivier Messiaen, pianiste, organiste, et l'un des plus célèbres musiciens du XXe siècle, l'autre, Alain, fut écrivain. Sans doute l'éducation que leur donna leur mère n'était-elle pas étrangère à cette double vocation artistique : « Elle nous éleva dans un univers féérique », confia un jour son fils Olivier.
La famille suivait le professeur dans ses diverses affectations : Saint-Étienne, Grenoble, Nantes.
Cécile écrivait à la « petite table de bois blanc tachée d'encre » qui la suivait dans tous ses déménagements. Mais

où qu'elle fût, c'était la campagne qu'elle aimait, qu'elle chantait, et elle se reprochait parfois « d'avoir délaissé l'amant pour courir les champs ». Elle entraînait avec elle les enfants à qui elle apprenait à écouter le vent, l'eau, et les oiseaux : *Une lente voix murmure / Dans la verte feuillaison ; / Est-ce un rêve ou la nature qui réveille sa chanson ? / Si douces sont les paroles / Qu'elles meurent dans le son.* Ne croirait-on pas lire ici un commentaire de la musique d'Olivier Messiaen qui, toute sa vie, se plut à reproduire dans sa musique le chant des oiseaux ? Ainsi écrivit-il un *Catalogue d'oiseaux pour piano*, des *Petites esquisses d'oiseaux*, puis *La Fauvette des jardins*, *Oiseaux exotiques*, *Le Réveil des oiseaux*, etc.

L'influence de Cécile Sauvage sur ses deux fils fut donc, à l'évidence, déterminante. N'étaient-ils pas, d'ailleurs, depuis l'instant même où ils avaient été conçus, fragiles et pâles embryons, l'objet de toutes ses attentions, de toute sa passion : dans la poésie de Cécile Sauvage, c'est l'enfant – l'enfant à naître – qui est muse et amant, lui qu'on attend, qu'on imagine, c'est lui, compagnon et hôte du corps de la femme, qui se détache un jour d'elle et qu'elle perd…

À propos de cette poésie si particulière, et unique dans toute la littérature française, Léon Daudet a parlé d'un « chant de la fécondité », d'un « diamant de chair », et Robert Sabatier, dans son *Histoire de la poésie*, d'un « véritable roman de la naissance ».

On pourrait supposer – on a longtemps supposé – que le seul chagrin qu'aurait pu éprouver cette épouse apparemment heureuse, cette mère comblée, aurait été de voir s'éloigner un jour ses fils, qu'elle semblait décidée à maintenir toujours auprès d'elle par un cordon invisible.

Ce chagrin-là lui fut épargné ; car, bien avant que ses fils fussent adultes, un malheur plus grand fondit sur elle : à l'insu de ses proches elle vécut une grande passion adultère, puis, bouleversée par la rupture, contracta la tuberculose, contre laquelle, s'enfermant dans son chagrin et sa chambre aux volets clos, elle refusa de lutter.
Celui qui fit naître cette passion destructrice était son jeune éditeur du Mercure, Jean de Gourmont. Dès 1910, Gourmont, dans un ouvrage critique consacré aux poétesses de son temps, avait souligné la sensualité de Cécile, qu'il ne connaissait que par son œuvre : *Elle se laisse posséder par la vie comme par un amant*, écrivait-il, et, célébrant cette *belle sensualité animale*, il concluait : *C'est un être jeune qui ne se refuse aucune des sensations de la vie.* À cette jeune mère (Alain avait deux ans), à cette épouse croyante attachée à son mari, cette petite provinciale, Jean de Gourmont, Parisien un peu libertin, entreprit de révéler des sensations que, sans doute, elle ne connaissait pas encore… Elle chanta le corps de l'amant : *Sur le lit plein de ton parfum/Je vais dormir comme en tes bras / Et revivre encore tes caresses, / Te retenir nu contre moi, /Sentir tes formes sur les miennes / Et ton désir lourd et tremblant / Grelotter de fièvre à mon flanc. / J'aurai faim de ta chair vivante, / J'aurai ta vie entre mes mains.* Mais c'est surtout l'union des âmes qu'elle chantait, « l'étreinte mystique » :

Chaque mot murmuré
Par vous est un baiser
Intense et prolongé,
Comme un baiser sur l'âme.

On le voit, la liaison de Cécile et Jean, que sa dernière biographe situe dans les premiers mois de 1914, fut intense ; mais elle fut épisodique (Cécile habitait encore Grenoble) et surtout brève, car, dès août, la guerre, qui mobilisa Jean et Pierre, coupa court aux amours.
Retirée dans sa famille, Cécile se consacra à ses enfants, ses « petits chevaliers » disait-elle, en attendant le retour des soldats ; mais, pour Jean, elle commença à écrire en cachette le *Livre d'Amour* : de beaux poèmes amoureux et, parfois même, érotiques. *Que l'on dise : Jean et Cécile se sont aimés*, voilà ce qu'elle souhaitait, ce qu'elle osait revendiquer expressément dans ses vers. Hélas, la guerre dura longtemps… Quand Jean en revint, il avait changé et voulait à son tour fonder une famille. Or Cécile n'était pas libre. De toute façon, après cinq ans d'horribles combats, son ancienne passion devait lui apparaître comme une très lointaine amourette… Il se maria dès 1919, avec une autre.
Cécile, qui venait d'emménager à Paris avec son mari, s'enferma aussitôt dans le silence et la maladie, interdisant sa chambre aux médecins, au soleil, et aux femmes de ménage : elle se laissa lentement mourir dans la poussière et l'obscurité. *Mon âme est dans ma chair comme dans un cercueil*, se plaignait-elle avec douceur. Elle aspirait à *rentrer dans la mort comme dans un étui*. Lorsqu'elle rendit enfin son dernier soupir, ses deux fils adolescents, chevaliers fidèles, étaient près d'elle ; Alain avait juste seize ans.
Mais l'histoire ne s'arrête pas là ; la passion malheureuse de Cécile agit, au-delà de sa propre mort, comme une bombe à fragmentation : Pierre Messiaen, qui n'avait

jamais cessé d'aimer sa femme et d'admirer son talent, décida en effet, pour lui rendre hommage, de publier ses œuvres complètes. C'est alors que, dans les papiers qu'elle avait laissés, il découvrit le *Livre d'Amour* inachevé. Ainsi apprit-il en même temps son infortune et l'identité de son rival heureux, dont le prénom et même le nom entier (*mon petit Jean de Gourmont*) figuraient dans certains poèmes de Cécile… Ne pouvant se résigner à détruire purement et simplement ce *Livre d'Amour*, il le découpa, sacrifia les poèmes trop charnels, trop explicites, substitua dans les autres son prénom à celui de Jean, ne conservant que ce qu'il fallait pour composer un recueil qu'il intitula *Primevère*, et qu'il n'hésita pas à antidater après avoir placé en exergue une phrase que, certes, Cécile n'avait pas écrite : *Pour mon cher Pierrot, en souvenir de nos fiançailles et de notre mariage*… Ayons pitié de ce faussaire qui, sûrement, ne souffrit pas moins que l'amoureuse abandonnée.

Olivier Messiaen, lui, n'apprit la vérité que cinquante ans plus tard, quand la sœur cadette de sa mère lui remit une copie du *Livre d'Amour* que Cécile, par prudence, lui avait autrefois confié. On peut imaginer la douloureuse surprise du « petit chevalier »… Par respect pour sa mère et par égard pour la mémoire de son père, il ne fit rien de ces inédits, dont certains d'ailleurs, en particulier les poèmes érotiques, pouvaient sembler un peu maladroits et inaboutis.

Il fallut plus tard l'obstination de Béatrice Marchal, auteur d'une thèse de doctorat sur la poésie de Cécile Sauvage, pour que, dans les années 2000, Yvonne Loriod, veuve d'Olivier Messiaen, acceptât enfin de sortir, du placard où elles dormaient, ces pages sulfureuses. C'est donc tout récemment que Béatrice Marchal a publié, sous le titre d'*Écrits d'amour*, les textes complets et exacts rétablis d'après la copie.

Tous les poètes, disais-je en commençant cette notice biographique, ne sont pas des poètes maudits – et je le maintiens. Mais ce qu'illustre la vie de Cécile Sauvage, c'est que, comme l'a écrit un autre poète, comblé de succès, *il n'y a pas d'amour heureux…*

Marie Noël
(1883-1967)

Chanson

Quand il est entré dans mon logis clos,
J'ourlais un drap lourd près de la fenêtre,
L'hiver dans les doigts, l'ombre sur le dos...
Sais-je depuis quand j'étais là sans être ?

Et je cousais, je cousais, je cousais...
– Mon cœur, qu'est-ce que tu faisais ?

Il m'a demandé des outils à nous.
Mes pieds ont couru, si vifs dans la salle,
Qu'ils semblaient, – si gais, si légers, si doux, –
Deux petits oiseaux caressant la dalle.

De-ci, de-là, j'allais, j'allais, j'allais...
– Mon cœur, qu'est-ce que tu voulais ?

Il m'a demandé du beurre, du pain,
– Ma main en l'ouvrant caressait la huche –
Du cidre nouveau, j'allais et ma main
Caressait les bols, la table, la cruche.

Deux fois, dix fois, vingt fois je les touchais...
– Mon cœur, qu'est-ce que tu cherchais ?

Il m'a fait sur tout trente-six pourquoi.
J'ai parlé de tout, des poules, des chèvres,
Du froid et du chaud, des gens, et ma voix
En sortant de moi caressait mes lèvres…

Et je causais, je causais, je causais…
– Mon cœur, qu'est-ce que tu disais ?

Quand il est parti, pour finir l'ourlet
Que j'avais laissé, je me suis assise…
L'aiguille chantait, l'aiguille volait,
Mes doigts caressaient notre toile bise…

Et je cousais, je cousais, je cousais…
– Mon cœur, qu'est-ce que tu faisais ?

§

La Morte et ses mains tristes…

La Morte et ses mains tristes
Arrive au Paradis.

« D'où reviens-tu, ma fille,
Si pâle en plein midi ?

– Je reviens de la terre
Où j'avais un pays.

De la saison nouvelle
Où j'avais un ami.

Il m'a donné trois roses
Mais jamais un épi.

Avant la fleur déclose,
Avant le blé mûri,

Hier il m'a trahie.
J'en suis morte aujourd'hui.

– Ne pleure plus, ma fille
Le temps en est fini.

Nous enverrons sur terre
Un ange en ton pays. (…)

§

Attente

J'ai vécu sans le savoir,
    Comme l'herbe pousse…
Le matin, le jour, le soir
    Tournaient sur la mousse.

Les ans ont fui sous mes yeux
Comme à tire-d'aile
D'un bout à l'autre des cieux
Fuient les hirondelles…

Mais voici que j'ai soudain
Une fleur éclose.
J'ai peur des doigts qui demain
Cueilleront ma rose,

Demain, demain, quand l'Amour
Au brusque visage
S'abattra comme un vautour
Sur mon cœur sauvage.

Dans l'Amour, si grand, si grand,
Je me perdrai toute
Comme un agnelet errant
Dans un bois sans route.

Dans l'Amour comme un cheveu
Dans la flamme active,
Comme une noix dans le feu,
Je brûlerai vive.

Dans l'Amour, courant amer,
Las ! comme une goutte,
Une larme dans la mer,
Je me noierai toute.

Mon cœur libre, ô mon seul bien,
Au fond de ce gouffre,
Que serai-je ? Un petit rien
Qui souffre, qui souffre ! (…)

J'ai peur de demain, j'ai peur
Du vent qui me ploie,
Mais j'ai plus peur du bonheur,
Plus peur de la joie

Qui surprend à pas de loup,
Si douce, si forte,
Qu'à la sentir tout d'un coup
Je tomberai morte. (…)

Quand mes veines l'entendront
Sur la route gaie,
Je me cacherai le front
Derrière une haie.

Quand mes cheveux sentiront
Accourir sa fièvre,
Je fuirai d'un saut plus prompt
Que le bond d'un lièvre.

Quand ses prunelles, ô dieux,
Fixeront mon âme,
Je fuirai, fermant les yeux,
Sans voir feu ni flamme.

Quand me suivront ses aveux
        Comme des abeilles,
Je fuirai, de mes cheveux
        Cachant mes oreilles.

Quand m'atteindra son baiser,
        Plus qu'à demi morte,
J'irai sans me reposer
        N'importe où, n'importe, (…)
Et, quand d'un geste vainqueur,
        Toute il m'aura prise,
Me débattant sur son cœur,
        Farouche, insoumise,

Je ferai, dans mon effroi
        D'une heure nouvelle,
D'un obscur je ne sais quoi,
        Je ferai, rebelle,

Quand il croira me tenir
        À lui tout entière,
Pour retarder l'avenir,
        Vingt pas en arrière !…

§

Ronde

Mon père me veut marier,
Sauvons-nous, sauvons-nous par les bois et la plaine.
Mon père me veut marier
Petit oiseau, tout vif te laisseras-tu lier ?

L'affaire est sûre : il a du bien,
Sauvons-nous, sauvons-nous, bouchons-nous les [oreilles,
L'affaire est sûre : il a du bien…
C'est un mari… courons, le meilleur ne vaut rien !

Qu'il achète, s'il a de quoi,
Les bois, la mer, le ciel, les plaines, les montagnes,
Qu'il achète, s'il a de quoi,
Le monde entier plutôt qu'un seul cheveu de moi ! (…)

Je suis l'alouette de Mai
Qui s'élance dans le matin à tire-d'aile,
Je suis l'alouette de Mai
Qui court après son cœur jusqu'au bout du ciel gai !

§

Mon bien-aimé s'en fut chercher l'amour…

Mon bien-aimé s'en fut chercher l'amour
Dès le matin parmi les fleurs écloses.
Pour le trouver il effeuillait les roses
Couleur du soir, de l'aurore et du jour.
Mon bien-aimé n'a pas trouvé l'amour.

Je l'attendais, pâle et grise lavande,
Et tout mon cœur embaumait son chemin.
Il a passé… j'ai parfumé sa main,
Mais il n'a pas vu mes yeux pleins d'offrande.

Mon bien-aimé s'en fut chercher l'amour
Au verger mûr quand midi l'ensoleille.
Pour le trouver il goûtait la groseille,
La pomme d'or, la pêche, tour à tour…
Mon bien-aimé n'a pas trouvé l'amour.

Je l'attendais, modeste fraise à ses pieds toute,
Et mon sang mûr embaumait son chemin.
Hélas ! mon sang n'a pas taché sa main.
Il a marché sur moi, suivant sa route.

Vent du ciel ! Vent du ciel ! éparpille mon cœur !
Je n'en ai plus besoin. Ô brise familière,
Perds-le ! Dessèche en moi ma source, éteins ma fleur,
Ô vent, et dans la mer va jeter ma poussière !

§

Andante

(…) Suis-je prête ? J'attends et je ne sais que faire,
En attendant, pour lui qui tarde. Il va venir.
Je vais, je viens, je vais, cherchant ce qu'il préfère
Pour rassembler en moi de quoi le satisfaire
Tout le long de notre avenir.

(…) J'ourle la toile à points tout petits pour qu'il ait
Mon beau linge pour lui ; je réveille au matin
La bonne humeur de la maison luisante et gaie ;
J'en chasse tout le gris, je range, je balaie,
Je cueille une rose au jardin…

J'apprête les repas pour qu'un jour il y goûte ;
Je choisis à son goût ma robe d'aujourd'hui ;
Si j'apprends des chansons, c'est pour qu'il les écoute,
Je retiens en passant le beau de chaque route
Pour y repasser avec lui. (…)

Suis-je prête ? Ah ! j'ai beau lui préparer sa joie,
Tout me manque ! Beauté, charme, esprit, je n'ai rien.
Ô mon dieu, que ne puis-je, avant qu'il ne me voie,
Me changer pour une autre ou tant faire qu'il croie,
Par moments, que je lui plais bien.

Suis-je prête ? Le soir autour de moi frissonne,
J'ai filé de la joie en mon cœur tout le jour.
Qui s'en doute ? Personne. Ah ! Tant mieux ! Pour
[personne !
Passez, gens ! Pour vous tous voilà que ma voix sonne ;
Je n'ai d'âme que pour l'amour.

§

Petite chanson

Mon bien-aimé descend la colline fleurie
De blé noir
Très lentement par les champs pâles… C'est le soir.

(…) Ne me regarde pas, bien-aimé, je t'en prie,
Si jamais
Ton regard n'était pas assez doux, j'en mourrais !

Ne me dis rien, tais-toi, bien-aimé, je t'en prie,
Si jamais
Ton accent n'était pas assez doux, j'en mourrais !

Mon bien-aimé passa, voilé de rêverie,
L'âme ailleurs,
Sans me rien dire, hélas, sans me voir, et j'en meurs.

§

Connais-moi ! Connais-moi !

Connais-moi ! Connais-moi ! Ce que j'ai dit, le suis-je ? Ce que j'ai dit est faux… et pourtant… c'était vrai ! L'air que j'ai dans le cœur est-il triste ou bien gai ? Connais-moi si tu peux. Le pourras-tu ?… Le puis-je ?

Écrire la biographie de Marie Noël est assez simple : elle n'eut de vie qu'intérieure… Mais quelle vie, quelle richesse !
Née et morte à Auxerre, elle était si peu connue des cercles littéraires que lorsqu'en 1920 parut – à compte d'auteur – son premier ouvrage, *Les Chansons et les Heures*, le bruit courut que l'auteur était une petite bergère autodidacte… Loin de là ! Marie Noël (pseudonyme qu'elle choisit en souvenir de son jeune frère, mort un 24 décembre) était une bourgeoise provinciale, née dans un milieu très cultivé : son père était agrégé de philosophie, ses deux cousins et son parrain étaient agrégés de lettres eux aussi.
Marie, de santé fragile, n'alla pas à l'école, elle étudia à la maison ; ses parents étaient en effet parfaitement capables de lui enseigner l'essentiel. Elle ne rentra dans le système scolaire qu'en seconde, au lycée d'Auxerre où elle passa trois années.
Sa famille était agnostique, guère pratiquante en tout cas, mais, après la mort de son frère, Marie se rapprocha

de la foi et elle s'y engagea de plus en plus à mesure qu'elle voyait disparaître pour elle tout espoir d'un amour profane et d'une union conjugale heureuse : elle avait eu, dit-on, un grand chagrin d'amour dans sa jeunesse – mais n'est-ce pas le lot de toutes les adolescentes ?... Fut-ce parce qu'elle n'était pas très jolie, plutôt timide, ou trop exigeante intellectuellement et moralement, qu'elle ne trouva pas à Auxerre « chaussure à son pied » ? Elle devint ce qu'on appelait alors « une vieille demoiselle ».

Mais cette vieille fille de province (trois mots, trois handicaps !) avait assez de talent pour que ses premiers vers, dans lesquels on retrouvait la magie des comptines et la malice des campagnes, fussent aussitôt remarqués et salués à Paris.

Tous les recueils parus ensuite chez de grands éditeurs (*Les Chants de la Merci*, 1930, *Le Rosaire des joies*, 1935, *Chants et Psaumes d'automne*, 1947, *Chants d'arrière-saison*, 1961) connurent le succès. Ses poèmes furent mis en musique, et ses livres fréquemment réédités.

Sa poésie amoureuse, notamment, séduisit un vaste public parce qu'elle semblait s'inscrire dans la tradition de la poésie populaire : celle des « chansons de toile », des berceuses que chantaient, depuis des siècles, les pauvres villageoises tout en filant ou tissant.

Pourtant, ce serait une erreur que de réduire la poésie de Marie Noël à la complainte d'une solitaire ou la tristesse d'une « mal mariée » : l'amour qu'elle a le mieux chanté est l'amour de Dieu, l'attente de Dieu. Le bien-aimé qu'elle espérait devint peu à peu le Bien-Aimé.

Après ses *Chants et Psaumes d'automne*, Montherlant n'affirma-t-il pas : « Elle est le plus grand poète français vivant ! » Fureur des autres, évidemment. Et mépris, encore aujourd'hui (et même davantage aujourd'hui qu'hier), de certains critiques et universitaires : ils parlent à son sujet de « gaminerie angélique », de « sentimentalisme » et de « naïveté ». Mais Marie Noël, dont la culture était grande, n'était pas naïve. Ou, plutôt, « naïve » elle ne l'était que ce qu'il faut pour garder une langue claire et conserver aux vers l'apparence de la spontanéité et de l'ignorance. Sur ce parti pris esthétique, elle s'est expliquée elle-même dans ses *Notes intimes* : « Pas trop de maîtrise de soi. Il faut laisser à l'âme la grâce de ses mouvements. Je préfère quelques légers défauts à l'orthopédie de la perfection. Je le préfère pour le cœur et pour le style. »

Enfin, Marie Noël fut l'une des rares poétesses à oser parler de la vieillesse et de l'approche de la mort – ce jour où l'on devient, dit-elle, *une étrangère dans sa maison.* Les poèmes admirables des *Chants d'arrière-saison* (« Crépuscule », « Retraite » ou « Vision »), auxquels il faudrait ajouter les passionnantes *Notes intimes* publiées après sa mort, n'avaient pas leur place dans cette anthologie. Mais il faut les lire : le grand âge et l'agonie sont toujours, même au sein d'une vaste famille, de terribles solitudes – Marie Noël, qui fut seule toute sa vie, est plus à son aise encore dans cette évocation de *la fin du Temps* que dans la description des tourments d'un jeune cœur.

La « dépendance » et la mort, elle les montre, dans des poèmes comme « Vision », sans jamais élever la voix ni céder au pathos ; elle les montre calmement, pas à pas, mot à mot, à travers les petits gestes de la vie ordinaire des campagnes :

(…) Quand les voisines sur le pas
De la porte parleront bas,
Parleront et n'entreront pas ; (…)
Quand, dans l'armoire où j'ai rangé
Mon linge blanc, un étranger
Cherchera de quoi me changer ;
Quand pour le lait qu'il faut payer,
Quelqu'un prendra sans m'éveiller
Ma bourse sous mon oreiller, etc.

C'est simple, poignant, et sublime.

Yanette Delétang
(1902-1976)

Huitième Chant royal
(extrait)

(…) Les monuments qu'on élève à l'amour
Ont le destin des villes englouties :
Seul un noyé peut en faire le tour,
S'y retrancher, s'accrocher aux orties,
Trouver l'éther de la menthe sauvage.
Ces monuments s'arrachent d'un naufrage
Dont nul ne sut quelle fut la clameur.
Dahut la Blonde, une main sur le cœur,
Ouvre l'écluse au gré de son amant
Et les châteaux s'enfoncent dans la peur
Où nous vivons, seuls éternellement. (…)

§

SONNET

Lorsque la mort et moi nous nous rencontrerons,
Extrêmes ennemies qu'un seul hasard accole,

Elle, non lasse de m'attendre et sans affront,
Moi, dans ce corps à corps, profondément frivole,

On ne saura laquelle est descendue au fond
De la terrasse bleue où les oiseaux s'envolent,
Laquelle en ce linceul ne pleure ni ne rompt,
Qui sera la racine, et qui sera corolle.

De l'absence cruelle, un croisement fleuri
Sans calvaire et sans dieu, mon univers chéri !
J'ai peu pensé, vraiment, à cette simple ornière

Et vouée à l'amour, ce tombeau résumé,
Pour te savoir déjà, mon amour sur la terre,
De la morte ou la vive également aimé.

§

Septième Chant royal

(extrait)

(...) Ô nuits, jours foudroyés ! Si la terre est de cendre
Il fallait nos baisers pour pouvoir nous entendre !
Nous sommes l'un à l'autre un goût du même fruit
Le même nœud caché dans les mêmes méandres
Et le même instrument des formes de l'oubli.

Pour unir à ton sort ma chair de fugitive
Ce charme d'ici-bas nous apprenait son chant ;
Tu le rejoins en lui quand tu veux que je vive
Et pour l'approfondir, je te veux survivant ! (...)

Alors, quel est ce dieu qu'il faut que l'on poursuive (...)
Pourquoi s'égare-t-il sans jamais nous attendre
Dans ce vent sans oiseaux, ce feu sans salamandres,
Précédant notre exil d'une enclave de nuit
Jusqu'au délire extrême où sa chair va suspendre
Le souffle qui nous porte aux formes de l'oubli ? (...)

C'est toi, moi qu'il attend, c'est de nous qu'il surgit,
Néant qui pour tromper ce qu'il devait défendre
Emprunte à notre amour les formes de l'oubli. (...)

§

Tristesse

Le ciel change en rumeurs autour de mon sommeil,
Le temps tourne en regards autour de mes éveils,
Le lent cri des oiseaux cherche aux sources des pleurs,
Nulle retraite en moi n'est permise à mon cœur.

(...) Il ne remplira pas l'espace d'un bonheur,
Il n'attend pas l'aurore aux régions des anges,
Il ne veut que la peur, les ombres et le soir,
Et le désir, plus sombre que le désespoir.

Yanette Delétang

Yanette Delétang commença à publier à l'âge de vingt-sept ans. Elle était alors très nettement sous l'influence de Paul Valéry. Elle s'en détachera cinq ou six ans plus tard, mais gardera de lui un certain goût pour la préciosité et une prédilection marquée pour le vers régulier et même pour l'alexandrin (encore qu'elle ait parfois publié des vers libres qui mêlent les mètres impairs et pairs). Elle aimera aussi la forme classique du sonnet. La critique la rapproche alors peu à peu des romantiques allemands et du Nerval des *Chimères*. Il est vrai que son thème de prédilection est l'affrontement de l'amour et de la mort : passage de fantômes du passé, vertiges du rêve, hallucinations, légendes, nostalgie. Les *Chants royaux*, parus en 1956, sont peut-être, à cet égard, son chef-d'œuvre.
Elle publia encore deux ou trois plaquettes, mais la mort de son mari la jeta soudain dans une grande solitude. Elle qui participait à des jurys, donnait des conférences, fréquentait volontiers le « petit milieu littéraire », se retira du monde et cessa en même temps de publier. À la mort de celui qu'elle aimait elle ne voulut survivre ni comme poète ni comme femme.
Aussi est-elle aujourd'hui totalement, et injustement, oubliée.

Louise de Vilmorin
(1902-1969)

Adieux

Les mots sont dits, les jeux sont faits,
Toutes couleurs toutes mesures,
Le danger cueille son bouquet,
Aux falaises de l'aventure
Je ne reviendrai plus jamais.

Adieu chapeau de Capitaine,
Adieu gais écheveaux du vent,
Astre du Nord, étoile vaine,
Un baiser est au firmament
Des jardins où je me promène.

Adieux bateaux au jour défaits,
L'heure attendue est bien venue,
L'amour me choisit mes secrets.
À la tour des peines perdues
Je ne monterai plus jamais.

§

L'amour toujours attend

L'amour toujours attend et même la présence
N'a pour lui que l'éclat de ce qui va finir.
Fiancée à tes bras j'épouse la distance.
L'enfant portant ma traîne est né de mes soupirs.

Délaissant le présent aux mains de ton amante,
Oubliant la chaleur qui te fit accourir,
Sur ta paume tu suis le chemin qui l'enchante,
Tu chasses le mirage au bord de l'avenir.

Ne suis-je pas mirage et n'ai-je plus d'emblèmes,
Plus de lac en mes yeux où ton rêve baignait,
Ne suis-je pas des nuits l'aube en chemise blême ?
L'aube que tu poursuis est liée à mon poignet.

Rapporte-moi la fleur qui guérit de l'absence,
Les seuls anneaux forgés au feu des préférences,
Et prisonnier le temps qui te rendit chasseur.

Reviens à mon amour dans les eaux de la vie,
Reviens-moi, c'est notre heure et la chasse est finie.
Mais notre heure à la porte est pendue et se meurt.

§

Oh ! mes amours

Dans un beau palais de regrets,
Dans un beau palais tout de même,
Ma belle est morte d'un secret,
La tempe bleue. Oh ! mes amours.

Aux colonnes du souvenir
Refleurit la plante première,
Liane aux feuilles de plaisir,
Feuille à cueillir. Oh ! mes amours.

Froide à mes vœux un rêve lent
Guida ses pas jusqu'à l'absence.
Elle riait en m'écoutant,
Elle riait. Oh ! mes amours.

Sur la table ses gants posés,
Son éventail de perfidie
Gardant le geste apprivoisé
Qu'elle a perdu. Oh ! mes amours.

Voyez, voyez l'oiseau du temps
S'envole de sa main lassée.
Va-t-elle rire en son drap blanc
Sur l'autre rive ? Oh ! mes amours.

Aux colonnes de l'avenir
Fleurira la plante dernière

Liane aux feuilles à mourir,
Feuilles à cueillir. Oh ! mes amours.

Sur la table ses gants posés,
Son éventail de perfidie
Gardant le geste apprivoisé
Qu'elle a perdu. Oh ! mes amours.

§

Amants et séducteurs

Amants et séducteurs de belles imprudentes,
Dans les chambres perdues passagers d'une nuit,
Le sort aux mille doigts vous indique la plante
Qui grimpe son conseil des jardins jusqu'aux lits.

(…) Volants volant, belles robes sans pieds ni têtes,
Cortège de dentelle aux lisières des bois,
J'ai beaucoup de ces robes pour un soir de fête,
Beaucoup de rêves à déshabiller en moi.

C'est demain le jour des fiançailles pour rire,
La page ne ment pas, et la plante à mon mur
Grimpe son bon conseil jusqu'à mes mains de cire
Et mes épaules blanches et bleues de ciel pur. (…)

Nos vœux nous ouvriront une chambre lointaine
Tapissée de damas et meublée d'arbres verts

Ombrageant un grand lit où mon roi et sa reine
Iront feuilles à feuilles s'aimer à ciel ouvert. (…)

Et puis nous n'aurons plus en nous que du silence.

(…) Le temps muet passé il faudra repartir. (…)
Et le jeu sera de rire au bonheur qui cesse.
Je dirai : « J'aimerais vous écrire bientôt. »
« Ah, fera-t-il, un homme adroit n'a pas d'adresse ».

(…) D'un geste il remettra son manteau de poussière
Du revers de sa main il essuiera mes yeux
Et il repartira, pèlerin sans prières,
Me laissant à broder le mouchoir des adieux…

§

À l'envers de ma porte

Ma peur bleue, ma groseille,
L'amour est une abeille
Qui me mange le cœur
Et bourdonne à ma bouche
Que tu nourris et touches
Des baisers du malheur.

Mon ange sans oreilles,
Ma peur bleue, ma groseille,

Louise de Vilmorin

Ne viendras-tu jamais
À l'envers de ma porte ?
Es-tu de cette sorte,
Ange sourd et muet ?

(…) Ne me permets-tu pas
De t'enlever tes bas
À l'envers de ma porte ?
Je veux voir tes pieds nus
Et les abeilles mortes
Du bonheur revenu.

Mon ange sans oreilles,
Ma peur bleue, ma groseille
Posée sur mes désirs,
Ma chambre est grande ouverte
Que coupe l'allée verte
Par où tu dois venir.

Ma peur bleue, ma groseille,
Viens à fleur de mes veilles
Et que tombe le jour
À l'envers de ma porte.
Et que le vent emporte
Le chemin du retour.

§

Au-delà [1]

Eau-de-vie, au-delà !
À l'heure du plaisir,
Choisir n'est pas trahir,
Je choisis celui-là.

Je choisis celui-là
Qui sait me faire rire,
D'un doigt de-ci, de-là,
Comme on fait pour écrire.

Comme on fait pour écrire,
Il va par-ci, par-là,
Sans que j'ose lui dire :
J'aime bien ce jeu-là.

J'aime bien ce jeu-là,
Qu'un souffle fait finir ;
Jusqu'au dernier soupir
Je choisis ce jeu-là.

§

1. Version de 1937, mise en musique par Francis Poulenc en 1938 (et créée à la salle Gaveau). Cette version un peu libertine avait choqué la bonne société d'alors, en particulier Marie-Blanche de Polignac, grande amie de Louise. Pour la parution en recueil, en 1939, Louise censura donc deux ou trois vers.

Il vole

(…) C'est un voleur que j'ai pour amant,
Le corbeau vole et mon amant vole,
Voleur de cœur manque à sa parole. (…)

– Mais où est le bonheur ? Il vole.

Je pleure sous le saule pleureur
Je mêle mes larmes à ses feuilles.
Je pleure car je veux qu'on me veuille
Et je ne plais pas à mon voleur.

– Mais où donc est l'amour ? Il vole.

§

Le garçon de Liège

(…) Sans dire un doux mot de menteur
Le soir dans ma chambre à tristesses
Il vint consoler ma pâleur.
Son ombre me fit des promesses.

Mais c'était un garçon de Liège,
Léger, léger comme le vent,
Qui ne se prend à aucun piège
Et court les plaines de beau temps.

Et dans ma chemise de nuit,
Depuis lors quand je voudrais rire,
Ah beau jeune homme, je m'ennuie,
Ah, dans ma chemise, à mourir.

§

Plus jamais

Plus jamais de chambre pour nous
Ni de baisers à perdre haleine
Et plus jamais de rendez-vous
Ni de saison, d'une heure à peine,
Où reposer à tes genoux.

Pourquoi le temps des souvenirs
Doit-il me causer tant de peines,
Et pourquoi le temps du plaisir
M'apporte-t-il si lourdes chaînes
Que je ne puis les soutenir ?

Rivage, oh ! rivage où j'aimais
Aborder le bleu de ton ombre,
Rives de novembre ou de mai
Où l'amant faisait sa pénombre,
Je ne vous verrai plus jamais. (…)

Quelle est cette nuit dans le jour ?
Quel est ce bruit dans le silence ?
Mon jour est parti pour toujours
Ma voix ne charme que l'absence. (...)

Mon temps ne fut qu'une saison,
Adieu saison vite passée, (...)

Adieu plaisir de ces matins
Où l'heure aux heures enlacée
Veillait un feu jamais éteint.
Adieu. Je ne suis pas lassée
De ce que je n'ai pas atteint.

§

Fleurs

Fleurs promises, fleurs tenues dans tes bras,
Fleurs sorties des parenthèses d'un pas,
Qui t'apportait ces fleurs l'hiver
Saupoudrées du sable des mers ?

Sable de tes baisers, fleurs des amours fanées,
Les beaux yeux sont de cendre, et dans la cheminée
Un cœur enrubanné de plaintes
Brûle avec ses images saintes.

§

L'alphabet des aveux

(extrait)

On se veut,
On s'enlace,
On se lasse,
On s'en veut.

§

Le voyageur en noir

(extrait)

Je suis un voyageur en noir.
Qui voudrait suivre mes empreintes ?
Qui voudrait m'entendre et savoir ?
Bateau de deuil, bateau de plaintes,
Je suis un voyageur en noir.

Je suis un navire en détresse
Sous l'offense du mauvais sort.
Ma cargaison n'est que tristesse,
Ah, ne montez pas à mon bord,
Je suis un navire en détresse.

Je suis un voyageur en noir.
Toute saison m'est étrangère.

Un souvenir veut me revoir,
Ma pensée est sa messagère,
Je suis un voyageur en noir.

Enfants, beaux oiseaux demoiselles,
Citadelles d'enlacements,
Dites, la parole peut-elle
Peut-elle égarer le tourment ?
Enfants, beaux oiseaux demoiselles.

Peut-elle égarer le malheur,
Lui faire quitter son ouvrage,
Le changer en saule pleureur
Drapant une chambre d'ombrage ?
Peut-elle égarer le malheur ?

(…) Notre lit était un pays,
Une île, une gorge bien creuse,
La plaine où nous avions cueilli
Des fleurs du nom d'aventureuses.
Notre lit était un pays.

Jeunes filles battant des ailes,
Premiers rayons, premier oubli.
Dites, la parole peut-elle
Plier le drap de l'ancien lit ?
Jeunes filles battant des ailes,

Peut-elle égarer le chagrin ? (…)

Sur le berceau de Louise de Vilmorin, toutes les fées s'étaient penchées. Premier cadeau : une famille d'ancienne aristocratie, vivant à Verrières, près de Paris, dans un château caché au fond d'un grand parc, au milieu de vastes terres agricoles ; terres habilement reconverties dès le XIXe siècle en potagers et en champs de fleurs afin d'approvisionner la graineterie Vilmorin qui fournissait alors tous les jardiniers – les Vilmorin étaient devenus milliardaires dans « l'industrie propre » en vendant à toute la France des graines de radis, des graines de cosmos et de roses trémières ; et, tandis qu'à Massy et Verrières montaient peu à peu les pavillons et les immeubles de banlieue, la propriété Vilmorin, d'un seul tenant, résistait admirablement à l'urbanisation, immense enclave de labours et d'ateliers cernés de murs derrière lesquels, au loin, le passant curieux apercevait à peine les arbres noirs du château.
Deuxième cadeau des fées : autour de Louise, quatre frères et une sœur avec qui partager les jeux dans les arbres et les greniers ainsi que l'éducation à la maison, allégée des horribles contraintes scolaires qui tombent rudement sur les enfants du peuple – Louise prétendait même n'avoir appris à lire que vers dix ou douze ans… Troisième cadeau : un esprit vif et curieux, un caractère joyeux, et un physique qui, sans être remarquable, était agréable et piquant. Gracieux, surtout : gracieux le sourire, le port de tête, les gestes de la main… Même âgée, Louise, malgré ses rides et ses dents abîmées, resta charmante et charmeuse.
Sur son berceau, « toutes les fées s'étaient penchées », ai-je dit ? Oui, et même, malheureusement, Carabosse :

celle-là lui avait réservé une coxalgie de la hanche (d'autres disent : une tuberculose osseuse) qui l'affligea toute sa vie d'une boiterie légère mais handicapante. Naturellement, Louise sut faire de ce handicap un charme de plus : elle porta, quelle que fût la mode, de longues jupes tournoyantes, reçut allongée sur des chaises longues ou des duchesses-brisées, comme Madame Récamier, et lorsque, plus tard, elle épousa un comte hongrois, elle adopta le *dirndl* d'Europe centrale dont les plis cachaient ses jambes mais dont le corselet ou la veste courte « autrichienne » mettait bien en valeur sa taille, qu'elle avait très fine…

Cependant, nous n'en sommes pas encore au comte hongrois. Commençons par le commencement : Louise n'a pas encore le goût des voyages, mais elle aime déjà la littérature – à vingt ans elle se fiance avec Antoine de Saint-Exupéry. Mais les Vilmorin, ne trouvant pas les Saint-Exupéry assez nantis, poussent à la rupture. Ils préfèrent lui faire épouser un milliardaire américain, un homme qui vit à Las Vegas dans le Nevada. Et voilà Louise, ce bibelot de Saxe, cette enfant élevée en plein XVIIIe siècle, pur produit des salons et des dîners mondains, brusquement projetée dans le désert du Nevada ! À Las Vegas, en plus ! Elle, Louise, qui n'aime rien tant que les conversations spirituelles, la fréquentation des artistes, les bonnes manières, les bons mots, la vie parisienne… Elle donne rapidement trois enfants à l'Américain. Après quoi, elle divorce ; mais la loi américaine est ainsi faite que les enfants d'un couple mixte, s'ils sont nés en Amérique, sont toujours confiés au conjoint américain : Louise n'élèvera donc pas ses filles, elle les verra même rarement. Elle s'en plaindra tendrement dans « La Maison des enfants » :

Loin de moi grandissez,
Enfants de mon passé (...),
Êtes-vous nées trop tôt,
Rires de mes berceaux
À l'âge du quadrille ?
Êtes-vous nées trop tard,
Enfants de mes hasards,
Enfants petites filles ?
Plus de baisers le soir
Ni de peur dans le noir (...)
Plus de jouets cassés,
Plus de genoux blessés
Ni de châteaux de sable (...).
Je suis seule à présent
Mes lointaines enfants
Devant la porte ouverte.

C'est à ce moment qu'entre en scène le comte Palfy, irrésistible séducteur hongrois qui prend ses quartiers d'hiver au Ritz. Louise l'épouse et s'installe avec lui dans son gros château des Carpates. Mais au bout de cinq ans, elle n'en peut plus : le séducteur chasse trop, séduit trop ; en plus, il est joueur et en train de se ruiner. D'ailleurs, les Carpates, entre nous... c'est plus vert que le Nevada, d'accord, mais, pour ce qui est de la société, on n'y trouve guère que des ours ! Des ours déguisés parfois en colonels nazis...
Nouveau divorce donc, en 1943, et retour en France.

La guerre finie, Louise rouvre à Verrières son fameux « salon bleu » où, tous les dimanches, se rassemble, autour de jeunes marquises et de vieilles altesses royales, tout ce qu'il y a de nouveau dans l'art. Louise tient le dé de la conversation. Elle écrit aussi : avant la guerre, elle avait publié un roman et un recueil de poèmes, que Francis Poulenc avait mis en musique. Elle s'y remet, publie deux romans (dont *Madame de...*) et deux recueils de poèmes. Ils ont du succès. On adapte ses romans au cinéma. Elle charme toujours, couche beaucoup, mais n'épouse plus – rien ne vaut Verrières et la liberté ! Un temps, elle semble trouver un certain équilibre sentimental dans le ménage à trois qu'elle forme avec l'ambassadeur de Grande-Bretagne, Duff Cooper, et la femme de celui-ci, Diana. Mais les meilleures choses ont une fin, et bientôt (l'ambassadeur avait-il été nommé ailleurs ?) reprend la ronde des amants.

Elle n'en tient pas un compte exact : lorsque, dans les années 1960, elle aura décidé de se mettre en ménage avec le ministre de la Culture, André Malraux, elle interrogera avec insistance son ami Jean Chalon : « Dis-moi, Jean, avais-je couché avec André, avant la guerre ? – Mais comment veux-tu que je le sache ? Je n'y étais pas ! – Oui, mais j'aurais pu t'en parler... Ah, tout cela est d'un compliqué ! » Il faut croire qu'elle se tira au mieux de cette situation délicate puisque Malraux quitta son épouse Madeleine et vint s'installer à Verrières.

Louise écrit encore un peu, elle raffole des figures de style – anagrammes, palindromes, holorimes : on connaît le célèbre *Je méditerai, tu m'éditeras* adressé à son éditeur, Gaston Gallimard, ou son

Étonnamment monotone et lasse,
Est ton âme en mon automne, hélas !

Elle peut écrire des kilomètres de fantaisies dans ce genre-là, à l'envers et à l'endroit. Comme Hugo, elle descend même parfois jusqu'au calembour, « cette fiente de l'esprit ». En vérité, elle est devenue mélancolique : sa santé s'altère, elle souffre d'une maladie de cœur (en aurait-elle fait un trop grand usage ?), et puis, maintenant que Malraux vit à Verrières, elle n'est plus la vedette : c'est lui qu'on vient entendre dans le « salon bleu ». Elle se plaint : « Je ne suis plus que Marilyn Malraux... »
Quand elle veut dire quelque chose de drôle, le « grand homme » la rabroue : il ne la trouve pas à son niveau et le lui fait sentir. Après quoi, imperturbable, il reprend son soliloque, qu'elle ose trouver obscur et confus. Elle ronge son frein. Se séparer encore ? Il est déjà bien tard dans leur vie... D'ailleurs, financièrement, elle a besoin de Malraux : parce qu'elle a toujours vécu au-dessus de ses moyens, son château commence à prendre l'eau – Malraux « met la table pour tout le monde », comme on disait gentiment dans la société du XVIIIe siècle.
Lorsqu'un soir de 1969 elle est prise dans sa chambre d'une crise grave, elle fait prévenir Malraux. Je tiens d'une de ses proches (mais cette amie dit-elle vrai ?) que le « grand homme » ne se dérangea même pas. Elle mourut seule.

Parce qu'elle était bien élevée, Louise, poète, ne s'était jamais prise au sérieux.

Et parce qu'elle ne se prenait pas au sérieux, on ne la prit pas au sérieux… Aussi, beaucoup de graves auteurs d'aujourd'hui la regardent-ils comme un auteur très mineur, une amie de Jean Cocteau et de l'Aga Khan qui versifiait entre deux cocktails et deux rencontres amoureuses et écrivait de temps en temps des chansons de variété.
On se trompe, je crois. Certes, bien qu'elle s'en tienne dans les grandes lignes au vers classique (car elle n'a pas, Dieu merci, subi l'influence ravageuse du « Coup de dés » mallarméen), elle est loin de posséder la maîtrise technique d'une Louise Labé ou d'une Catherine Pozzi : rimes masculines ou féminines, rimes embrassées, alternées ou croisées, elle s'en moque ! De même qu'elle néglige un peu la métrique : comme le souligne Robert Sabatier dans son *Histoire de la poésie*, « un puriste irait voir du côté des lettres muettes et de la césure », mais, ajoute-t-il, « la grâce supplée ».
En effet, à contre-courant des tendances du moment, Louise de Vilmorin écrivait une poésie faite pour l'oralité, conçue pour être chantée, et, d'ailleurs, ses vers le furent : la simple assonance, alors, peut suppléer à la rime, et il suffit de tenir un peu la note pour gagner le pied qui manque… Quant aux thèmes abordés, sous l'apparence de la fantaisie, de la frivolité même, ils sont souvent plus mélancoliques et graves qu'on ne croirait : Louise n'écrivit pas que sur ses amours légères, elle écrivit aussi sur Dieu et sur la mort – sa propre mort, son cadavre. Mais toujours avec pudeur, ironie, et ce demi-sourire de la parfaite politesse :

Mon cadavre est doux comme un gant
Doux comme un gant de peau glacée

Et mes prunelles effacées
Font de mes yeux des cailloux blancs (...)

Mes doigts tant de fois égarés
Sont joints en attitude sainte
Appuyés au creux de mes plaintes
Au nœud de mon cœur arrêté.

Et mes deux pieds sont les montagnes,
Les deux derniers monts que j'ai vus
À la minute où j'ai perdu
La course que les années gagnent (...)

Certes, ce n'est pas la « Ballade des pendus », mais, comme le disait si bien Cocteau, « l'oiseau doit chanter dans son arbre » : l'arbre de Louise n'était pas une potence, c'était un léger saule pleureur, un bouleau transparent, un tremble aux feuilles diaphanes dans ce jardin de Verrières où elle est enterrée.

Anne Hébert
(1916-2000)

Il y a certainement quelqu'un…

Il y a certainement quelqu'un
Qui m'a tuée
Puis s'en est allé
Sur la pointe des pieds
Sans rompre sa danse parfaite

A oublié de me coucher
M'a laissée debout
Toute liée
Sur le chemin
Le cœur dans son coffret ancien
Les prunelles pareilles
À leur plus pure image d'eau

A oublié d'effacer la beauté du monde
Autour de moi
A oublié de fermer mes yeux avides
Et permis leur passion perdue

§

Neige

La neige nous met en rêve sur de vastes plaines, sans
traces ni couleur

Veille mon cœur, la neige nous met en selle sur des
coursiers d'écume

Sonne l'enfance couronnée, la neige nous sacre en
haute mer, plein songe, toutes voiles dehors

La neige nous met en magie, blancheur étale, plumes
gonflées où perce l'œil rouge de cet oiseau

Mon cœur, trait de feu sous des palmes de gel, file le
sang qui s'émerveille.

Anne Hébert, québécoise, née dans une famille de critiques littéraires et d'auteurs, fut à la fois scénariste, romancière, dramaturge et poète. Elle s'installa à Paris en 1966, où elle obtint d'abord le prix des Libraires, puis en 1982 le prix Femina pour son roman *Les Fous de Bassan*. Mais après trente ans de vie parisienne, elle regagna Montréal où elle mourut. Son dernier recueil de poèmes date de 1997.
Elle aussi avait choisi le vers libre et une totale irrégularité métrique. Cependant, le découpage de ses vers correspond à un rythme syncopé qui met parfaitement en

valeur le texte et son sens. Un peu sèche au commencement, sa poésie prit de l'ampleur avec le temps.
Son œuvre, naturellement pudique, récuse toute interprétation autobiographique. On devine mieux cependant « les choses de sa vie » à travers ses romans. Au fil de ces textes apparaît un fort rejet de la figure paternelle : dans cette famille qui appartenait à la vieille élite québécoise et où tout le monde était célèbre, et le père plus que tous les autres, ce père suscita, dit-on, et encouragea la vocation littéraire de sa fille ; mais il apparaît, dans les romans d'Anne Hébert, comme un père terrifiant, écrasant, rejetant : l'attention extrême qu'il portait à la pureté de la langue de ses enfants, les reprenant sans cesse, tuait, en tout cas, toute spontanéité dans leurs échanges.
Les rapports d'Anne avec sa mère semblent avoir été plus apaisés, c'est sa mère qui lui parlait de Paris. Peut-être est-ce par affection pour elle qu'après sa mort Anne Hébert vint s'installer en France ? C'est aussi parce que Québec restait alors une ville très provinciale (*Ma couleur locale c'était la solitude, ma génération était perdue au fond des bois et du jansénisme. C'était le Moyen Âge : dans les librairies, Proust et Balzac étaient à l'enfer ! Les gens ne lisaient pas… J'ai dû publier mes deux premiers livres à compte d'auteur ! Nous vivions dans une cave*). Anne Hébert se sentait donc exilée dans son propre pays.
Mais, bien qu'elle eût trouvé en France un accueil autrement chaleureux, elle se mit à regretter parfois les paysages immenses, les forêts sombres et la neige. Installée à Paris, c'est sur le Canada qu'elle écrivit, sur

la société québécoise marquée, en ce temps-là, par un catholicisme intégriste et omniprésent. L'éloignement – qu'elle ressentait bien comme un exil (mais moins violent que celui qu'elle avait vécu au sein de sa famille) – lui donna la distance nécessaire pour prendre conscience de ce qui faisait le caractère propre de son pays. N'appartenant plus à aucun milieu, elle se sentit plus libre aussi, et libre notamment d'aborder dans ses romans des questions sexuelles qui eussent été censurées au Canada.
À Paris, elle bénéficia en outre de la vogue soudaine de la littérature québécoise : Antonine Maillet, Réjean Ducharme, etc. Les Québécois trustaient les prix littéraires de Saint-Germain-des-Prés.
Puis cette mode passa, comme elles passent toutes. On parla moins d'Anne Hébert, et si la romancière reste tout de même rééditée et lue, sa poésie, plus rare, plus mince, plus abstraite aussi, semble largement tombée dans l'oubli.

Andrée Chedid
(1920-2011)

L'espérance

J'ai ancré l'espérance
Aux racines de la vie

Face aux ténèbres
J'ai dressé des clartés
Planté des flambeaux

Des clartés qui persistent
Des flambeaux qui se glissent
Entre ombres et barbaries

Des clartés qui renaissent
Des flambeaux qui se dressent
Sans jamais dépérir

J'enracine l'espérance
Dans le terreau du cœur
J'adopte toute l'espérance
En son esprit frondeur.

§

L'enfant est mort

Le village s'est vidé de tous ses combattants
Rivé à sa mitraillette dont les rafales de feu viennent
[d'achever l'enfant
L'ennemi tremble d'effroi à l'abri d'un vieux mur

Tout est propre autour : le ciel la mer l'été rieur les pins

L'ennemi
A lancé loin
Par-delà les collines
Ses vêtements et son arme
Son histoire et ses lois
Pour se coucher en pleurs
À deux pas d'une fontaine sous l'ombre d'un oranger
Près du corps de l'enfant.

Née au Caire, dans une famille libano-égyptienne, Andrée Chedid, fille d'une mère syrienne et d'un père maronite libanais, vécut quelques années au Liban avant d'adopter la nationalité française en s'installant à Paris avec son mari, professeur à l'Institut Pasteur. Elle n'y devint pas seulement la mère du chanteur Louis Chedid et la grand-mère du chanteur Matthieu Chedid. Elle-même, bien avant eux, était chanteuse aussi, mais chantait à sa manière : elle était poète. Elle reçut le prix Goncourt de

la nouvelle en 1979 et le prix Goncourt de la poésie en 2002 pour l'ensemble de son œuvre.
Andrée Chedid est d'abord un poète de l'Orient et de l'exil. Poète de la « double appartenance » (*Double Pays*, titre d'un recueil de 1965), puis poète déchiré par les guerres qui ensanglantèrent sa terre d'origine. Peu ou pas de poésie sentimentale chez elle, même si une tendresse particulière la lie aux enfants, pour lesquels elle a écrit de courts poèmes (« Le Caillou », « L'Éponge », « La Cervelle de Papa », « L'Anniversaire », etc.) publiés par l'École des Loisirs. Mais confrontée à des épreuves plus graves qu'un chagrin d'enfant ou un chagrin d'amour, c'est sur la fraternité et la haine, la fragilité de la vie et sa violence, qu'elle écrit, usant indifféremment du rythme hexasyllabique (vers de six pieds), octosyllabique, et même parfois – pour quelques vers et en passant – de la rime. Néanmoins, le plus souvent elle choisit le vers libre, et ses poèmes en prose se rapprochent alors de la prose poétique qu'elle illustra avec talent dans le genre de la nouvelle. Le mot qui revient le plus fréquemment dans le titre de ses recueils ou de ses poèmes est – faut-il s'en étonner ? – le mot « terre » : *Textes pour la terre aimée, Terre et Poésie, Terre regardée, Territoires du souffle*, « Terre des songes », « Terres chaleureuses », etc.
La phrase qu'elle fit graver sur sa tombe au cimetière Montparnasse dit tout de la séparation d'avec les vivants aimés, mais aussi de la séparation d'avec la terre natale. Choisie chez Chrétien de Troyes, elle a en effet, à l'évidence, ce double sens : *Le corps s'en va, le cœur séjourne*, et résume admirablement sa vie.

Juliette Darle
(1921-2013)

Je t'aime

Ton baiser a la splendeur éclatée des érables
À la saison des grands départs d'oiseaux
Quand leurs graines ont pris le large
Sur les vents qu'elles empourprent

Je t'aime dans la profondeur des nuits (…)

Je t'aime à l'heure où nos yeux s'ouvrent
Pêche miraculeuse dans l'espace
Le vent ramène la couleur des arbres
L'odeur des cheminées qui fument

La fraîcheur du jour prend source
Dans l'herbe agitée de tes cils
Nos mains creusent un nid
Pour l'oisillon tombé des branches

L'aube grise a surpris les poulains sous les saules
Le premier galop blanchit leur souffle
Des ondes circulent
Sur l'encolure des prés

(…) L'aurore monte
À ton premier sourire
Elle éveille sur la menthe
Un cri d'engoulevent (…)

Je t'aime
Et la bouche s'étonne comme l'épine en mai
D'avoir des fleurs si blanches à pistils écarlates
Des nids éclatés de bouvreuils sous les branches (…)

Je t'aime et je connais l'ivresse des grands fonds
L'azote qui s'endort dans le cours des artères
La lenteur des poissons qui virent sans sillage
Le sable sous-marin sans trace sous tes pas

Je connais l'ivresse d'outre-mer
Et cet alcool si bleu dans les sarments qui brûlent

§

Vivre

Le désespoir m'a pris le cœur
Dans ses mains de glace. J'ai mal

Je me regardais dans l'aurore
Je ne m'y voyais jamais seule

Je n'avais pas peur de la nuit
J'aimais les crapauds s'ils chantaient (…)

La terre est lourde à mes poignets
Les os se brisent sous l'hiver

Des larmes de verglas sont prises
Dans mon sang qui brûlait

Mais toi mon amour tu es là
Je peux te regarder en face

Qu'elle soit rapide la vague
Dans ton cœur ce haut coquillage

Tes mains dans le vent s'enracinent
Comme l'orchidée sur les branches

Je prends la vie dans tes yeux sombres
L'amour aux sources les plus nues

§

Enfermée dans tes bras

Je suis vivante je suis vivante et ne dors
Que pour rêver l'alpage et les gentianes bleues
Le berger tristement s'il souffle dans son cor
C'est qu'il n'est de personne à cette heure oublieux

Où je vais le soleil brusquement me précède
Si je m'égare un bois m'appelle à l'horizon
Un feu où s'en viendront les oiseaux des pinèdes
Un gemmeur inconnu m'ouvrira sa maison

Au milieu des écueils et des gouffres sans nombre
Ce temps nous a mêlés à ses rêves puissants
Je regarde tes yeux le ciel n'est que leur ombre
Tu trembles dans mon cœur comme une rose en sang

Dans l'automne brûlant qui rougit les érables
Les treilles qu'on planta sembleront les plus belles
Je suis sûre de toi j'avance invulnérable
Enfermée dans tes bras je me sens immortelle

§

Le tombeau du troubadour

(...) Pour toi pour toi dont je tairai le nom
Je veux mourir je veux mourir heureuse
Que sur ta lèvre brûle un autre nom
Que tu chantes Et ta gorge se creuse
L'aurore rougit d'effleurer ton front (...)
Je veux descendre
Chez les morts pour empêcher que tu meures
Pour que tremble dans tes yeux le ciel tendre

Dans tes yeux dont je tairai la couleur
Que le ciel tremblant tendrement demeure

§

Rencontre

Deux êtres humains en marche
l'un vers l'autre sur la terre
t'ouvrent l'espace et le temps

C'est juste au milieu du pont
que leurs chemins se rejoignent
Le fleuve qui passe emporte

leurs images parallèles

(poème inédit)

§

Nous voici pris de vertige…

Nous voici pris de vertige
pris dans la spirale noire
dont la chute s'accélère

Nos traces n'en feraient qu'une
L'étreinte du temps sur nous
laisse éclore ses oiseaux

Vérité d'une parole
et vérité sans parole
d'inséparables regards

(poème inédit, écrit d'une traite à la veille de sa mort)

Descendante d'une famille de maçons creusois, Juliette Darle vécut à Bourges avant de « monter » à Paris pour poursuivre des études à la Sorbonne et publier quelques poèmes. Là-bas, elle fit bientôt la connaissance de poètes de tout premier plan – Aragon, Éluard – et de peintres non moins connus – Picasso, Lurçat, Fernand Léger. Aragon, dans les *Lettres françaises*, salua avec chaleur la parution, chez Seghers, du premier recueil de Juliette : « Un chant a repris ampleur, que je marquerai ici avec Juliette Darle. » Dès 1956 parut un livre où les poèmes de Juliette Darle alternaient avec des dessins de Picasso, Picasso qui déclarait alors : « Je lis tout ce que publie Juliette Darle. » Juliette Darle fit également paraître au début des années 1950 un livre d'entretiens avec le peintre Fernand Léger et un autre avec Giacometti.
Comment cette petite provinciale catholique, d'origine modeste, au physique ordinaire, et tout ignorante encore du milieu artistique parisien, parvint-elle en si peu de temps à nouer autant de relations utiles ? Indépendamment de la

vigueur de son style et de sa chaleur communicative, qu'Alain Bosquet soulignait dans un article de *Combat*, il semble que les succès précoces de Juliette durent beaucoup aux engagements de son fiancé, André Darle, rencontré par hasard sur le pont Mirabeau (cela ne s'invente pas !) : à dix-sept ans, André avait eu l'audace d'aller trouver Aragon qu'il admirait ; Aragon fut touché par la situation familiale de ce jeune poète qui, comme lui, avait grandi sans père. L'ayant pris sous sa protection, il lui fit rencontrer les écrivains et les peintres qui gravitaient autour des *Lettres françaises* et, par la suite, fit également bénéficier Juliette de son patronage : elle devint dès 1955 journaliste aux pages Culture de *L'Humanité* et y resta par intermittence jusqu'en 1980, sans pourtant adhérer au Parti communiste.

Toute sa vie, elle demeura une personne simple, discrète, qui vivait une longue partie de l'année dans la fermette familiale de sa campagne creusoise.

Avec son mari, elle eut à cœur de rapprocher la poésie d'un public populaire : ainsi naquit notamment le Festival de poésie murale, qui eut lieu pour la première fois dans le métro parisien où l'on put lire pendant quelques semaines des vers et des quatrains peints là où l'on ne voit d'ordinaire que des affiches publicitaires... Elle créa, à Aubigny-sur-Nère, en Berry, un festival de Rencontres annuelles, où, une fois encore, la poésie murale se trouvait mise à l'honneur dans toute la ville. Elle fonda également le prix littéraire Tristan-Tzara, qui dura une vingtaine d'années et distingua pour la première fois, dès 1992, le jeune Michel Houellebecq.

Parallèlement, et toujours avec le souci d'amener la poésie vers le peuple, elle fit, pendant deux années, une tournée avec le chanteur Serge Reggiani, où les chansons de l'un alternaient avec les poèmes de l'autre et, parfois même, se mêlaient. Juliette Darle professait, en effet, que la poésie devait « passer de la voix parlée à la voix chantée » – ce qui revenait en somme à retrouver l'inspiration des troubadours du Moyen Âge. Comme ces troubadours d'ailleurs, lorsqu'elle n'était pas dans sa petite maison creusoise ou à Aubigny, elle parcourait toute la France à la rencontre du public. Elle continuait aussi à publier, pour des éditions de bibliophilie, des livres d'art où ses poèmes illustraient des œuvres originales de peintres qu'elle admirait.

Sa poésie, qui n'est pas, pour l'essentiel, une poésie amoureuse (bien qu'elle comprenne quelques beaux chants d'amour), n'est pas non plus une poésie politique ou religieuse. Ce qui inspire le plus Juliette, en effet, ce sont les éléments – le feu, l'air, le vent, l'eau – et les paysages. Sa poésie est une poésie panthéiste et même, disait-elle, « épique ».

Dès le début, elle avait adopté le vers blanc – libre de toute rime, mais non, et c'est tant mieux, de toute métrique : certains de ses poèmes sont en décasyllabes, d'autres en heptasyllabes, d'autres encore en octosyllabes, et quelques-uns, même, en alexandrins ! Parfois, le rythme est plus irrégulier : une même strophe peut commencer par un vers de onze pieds, passer à dix, poursuivre à huit, et terminer à sept ; mais il ne s'agit pas là d'un jeu gratuit : cette irrégularité marque une progression ou un ralenti qui

correspond au propos et met mieux en valeur certains mots, certaines formules.
On peut regretter, en revanche, que Juliette Darle ait cru devoir (depuis Apollinaire, c'est la mode) éliminer toute ponctuation, ce qui, quelquefois, rend la compréhension du texte plus difficile : il faut relire trois fois une strophe, en regroupant les mots comme ils devraient l'être, pour en saisir enfin le sens… Péché véniel sans doute puisqu'il est aujourd'hui si bien partagé ! Mais si la poésie peut se passer du point d'exclamation et du point-virgule, si elle peut même parfois se passer de la virgule, elle se passe difficilement du point (inventé, rappelons-le, par Jules César qui avait remarqué combien il facilitait la compréhension de ses lettres par leurs destinataires). Faute de quoi nous voilà obligés, comme les Romains d'avant notre ère, de relire le texte plusieurs fois pour le comprendre, être capables d'en restituer la signification et, surtout, la respiration. Résultat : la plupart du temps on déclare forfait, on abandonne le poème, on ne le lit plus – au mieux, on va au théâtre l'entendre lire par de grands acteurs – ce qui, tout de même, réserve aux Parisiens et à une classe privilégiée l'accès à la littérature. N'est-on pas alors un peu loin du généreux idéal qui fut celui de Juliette Darle ? Poètes et poétesses, par pitié, rendez-nous le point ! Et ne mégotez pas : tant que vous y serez, de temps en temps rendez-nous la virgule…

Anne Perrier
(née en 1922)

Lorsque la mort viendra…

Lorsque la mort viendra
Je voudrais que ce soit comme aujourd'hui
Un grand soir droit laiteux et immobile
Et surtout je voudrais
Que tout se tienne bien tranquille
Pour que j'entende
Une dernière fois respirer cette terre
Pendant que doucement s'écarteront de moi
Les mains aimées
Qui m'attachent au monde

§

Prière
(extrait du *Livre d'Ophélie*)

Qu'on me laisse partir à présent
Je pèserais si peu sur les eaux
J'emporterais si peu de chose

Quelques visages le ciel d'été
Une rose ouverte

La rivière est si fraîche
La plaie si brûlante
Qu'on me laisse partir à l'heure incandescente
Quand les bêtes furtives
Gagnent l'ombre des granges
Quand la quenouille
Du jour se fait lente

Je m'étendrais doucement sur les eaux
J'écouterais tomber au fond
Ma tristesse comme une pierre
Tandis que le vent dans les saules
Suspendrait mon chant

Passants ne me retenez pas
Plaignez-moi
Car la terre n'a plus de place
Pour l'étrange Ophélie
On a scellé sa voix on a brisé le vase
De sa raison

Le monde m'assassine et cependant
Pourquoi faut-il que le jour soit si pur
L'oiseau si transparent
Et que les fleurs
S'ouvrent à chaque aurore plus candides
Ô beauté
Faisons l'adieu rapide

Par la rivière par le fleuve
Qu'on me laisse à présent partir
La mer est proche je respire
Déjà le sel ardent
Des grandes profondeurs
Les yeux ouverts je descendrais au cœur
De la nuit tranquille
Je glisserais entre les arbres de corail
Écartant les amphores bleues
Frôlant la joue
Enfantine des fusaïoles
Car c'est là qu'ils demeurent
Les morts bien-aimés
Leur nourriture c'est le silence la paix
Ils sont amis
Des poissons lumineux des étoiles
Marines ils passent
Doucement d'un siècle à l'autre ils parlent
De Dieu sans fin
Ils sont heureux

§

Le petit pré

XV
Je suis l'enfant des rivières lentes
        Et des demi-jours

Conduisez-moi je suis l'amante
        D'un unique amour
Trop fière pour pleurer trop faible
        Pour cacher mes larmes je vais
        Sans savoir si je suis partie
Et si viendra le jour que je mendie.

§

XXII
Sur mes genoux je berce le soleil
Lui grand moi si petite
Lui tout brillant moi l'anthracite
Je berce le soleil
Lui feu moi glace
Lui l'océan moi l'eau qui passe
Sur mes genoux je berce le soleil
Lui riche et moi pauvresse (…)

Je berce le soleil
Je lui dis les mots d'une mère
Qui ne suit que son cœur
Et tous ces riens miettes misères
Lui sont miel et douceur (…)
Lui rouge vie et moi la mort
Sur mes genoux je berce le soleil

§

XXXVI
Ce n'est pas assez
D'une flaque de ciel en notre cœur

C'est le ciel tout entier
Que je veux quand viendra l'heure
De s'écouler comme une eau pure
Dans le lit profond de l'amour
Oh ! quand viendra le jour
D'être comme une étoffe sans couture

§

XLIV
Entre les haies fleuries
Je n'irai plus
Rasez ma vie
Comme un talus
Prenez le trésor des greniers
La maison le cellier
Toute la vigne d'or
Je n'en veux plus
Ce temps hurle à la mort
Et je ne peux dormir
Je m'en vais les pieds nus
L'amour seul à dire

§

Si nous devons mourir

Si nous devons mourir
Que ce soit d'une même chute

ANNE PERRIER

Étincelants
Et brefs comme l'oiseau
L'arbre
La foudre

Née en Suisse, dans le canton de Vaud, Anne Perrier ne quitta guère ses montagnes. Installée à Lausanne où elle épousa Jean Hutter, éditeur-libraire, elle se tint toujours assez loin du monde parisien et des modes du moment. Longtemps elle hésita entre deux vocations : la poésie ou la musique. Ce fut la poésie qui l'emporta, mais une poésie très musicale qui, malgré l'usage du vers libre, retrouve souvent la musicalité propre au vers classique. C'est aussi une poésie fluide, liquide, qui chante à l'oreille comme un ruisseau. Parfois aussi brève, pourtant, qu'un haïku japonais.
Anne Perrier a publié une quinzaine de recueils sans, pour ainsi dire, avoir jamais abordé la sphère de l'intime : rien sur ses enfants, son mari, ses amis. Elle fit même supprimer, dit-on, de l'édition complète de son œuvre les rares poèmes amoureux qu'elle avait autrefois publiés…
Vue de Paris, on l'imagine vivant en recluse, on la compare parfois à l'Américaine Emily Dickinson. Mais Anne Perrier n'est pas recluse, ou du moins sa réclusion est-elle entièrement volontaire : elle veut aller à l'essentiel – son cheminement spirituel (elle s'est convertie au catholicisme), la condition humaine, et, ces dernières années, la situation si précaire des poètes.

Bien qu'elle figure maintenant dans le *Petit Larousse* et qu'elle ait été en 2000 lauréate du grand prix de littérature française de l'Académie royale de Belgique pour l'ensemble de son œuvre (aujourd'hui rassemblée aux Éditions de l'Âge d'Homme), elle est en effet négligée par la critique française et les jurys. Est-ce juste ? Elle ne le croit pas et, sans être féministe, attribue la semi-pénombre dans laquelle elle se trouve aujourd'hui au fait qu'elle est femme et qu'on n'attendait d'elle que *des choses charmantes, de la décoration*, des oiseaux et des papillons.
Elle persévère pourtant, avec une résignation attristée : *Un oiseau mort depuis longtemps chante pour une étoile éteinte*... On trouve dans ses derniers poèmes bien des allusions à la situation de relative ignorance dans laquelle la tiennent les autorités parisiennes de la littérature : *Le monde m'assassine*, écrit-elle, ou, ailleurs :

> *Quelle importance*, dit-elle,
> *Que je parle,*
> *Que je me taise pour toujours,*
> *Le vent souffle dans le désert*
> *Y aura-t-il même un palmier*
> *Pour m'entendre ?*

Alors lui revient l'envie de tout quitter, de partir, comme Ophélie, entraînée par les rivières jusqu'à la mer : *Ô rompre les amarres ! Partir partir / Je ne suis pas de ceux qui restent / La maison, le jardin tant aimés / Ne sont jamais derrière mais devant / Dans la splendide brume / Inconnue.*

Mais à son âge, soyons réalistes, il n'y a plus d'autre départ possible que le « grand départ » ; on voit, à travers ses textes, qu'elle s'y prépare depuis longtemps. Pourtant, les poètes possèdent un grand avantage sur les acteurs, les chefs d'entreprise ou les hommes politiques : pour eux, la mort n'est pas une fin – on redécouvre Jodelle quatre siècles après sa mort et Rutebeuf six cents ans après la sienne, on chante Tristan l'Hermite (« Le Promenoir des deux amants ») trois cents ans après sa disparition, et on traduit et publie – en 1995 seulement – les troubadouresses disparues depuis le XIIIe siècle… Il faudra moins longtemps, j'en suis sûre, pour qu'hommage soit enfin rendu au grand talent d'Anne Perrier, « la recluse vaudoise ».

ANISE KOLTZ
(NÉE EN 1928)

J'aime te sentir
Sur moi
Comme un pont écroulé

Ma rivière
Polira tes pierres

§

Fonds sur moi dans l'herbe
Tu es l'autour
Qui emporte mon sang
Plus haut que la forêt

Entends-tu les plaintes
De ma joie
Entre tes serres ?

§

Sur mon corps
Des marques d'anciennes civilisations
Des débris de langage

Anise Koltz

Un homme se plante dans ma chair
Comme un arbre tourmenté
Dans la tempête

§

J'aime l'homme
Au dos vaste
Comme une steppe
Dans les profondeurs
De sa terre
J'écoute
Le bruit du troupeau de buffles
Qui le traverse.

§

Je suis devenue ton esclave
Marquée au fer rouge comme un bœuf
Mourrai-je de ma mort
Ou de la tienne ?

§

À ma mort
Je dormirai sous terre
Avec toi
Comme une semence prête à éclore

Mon corps est un lieu
Où rien ne meurt

Je me transformerai
En arbre
Pour ombrager ton sommeil

§

Lorsque mon amour est né
Je l'ai lavé
De ma main droite

Lorsque mon amour est mort
Je l'ai lavé
De ma main gauche

Sans futur
Je subsiste
Les deux mains coupées

§

Lève-toi et marche. Prends le soleil et la lune avec toi. Dans le récit où je t'entraîne, il fera chaud et il fera froid.
Je te ressuscite en dehors de ma mémoire et du vide. Je te forme de mes rêves, de la matière des autres, de mes pensées errantes entre ciel et terre.
Lève-toi et marche (…).

§

Je parle de l'aimé
Il est partout
Sans issue ses pas
Quémandent un nouveau destin

§

Peu à peu tu deviens
une migration douce de lumière
sur ma peau

Je te vois
de loin
comme coupé
dans une matière irréelle

Peu à peu tu deviens
une migration douce de lumière
sur ma peau

Anise Koltz est une poétesse luxembourgeoise. Née en 1928 dans une famille intellectuelle de la haute bourgeoisie, elle a été élevée dans le bilinguisme mais, ayant effectué sa scolarité secondaire exclusivement en allemand dans un pays annexé par les nazis, c'est en allemand qu'elle a commencé à écrire et, à partir de 1960, à publier ses vers chez un éditeur luxembourgeois. Ce n'est qu'à partir des années 1980 qu'elle a décidé de ne plus écrire qu'en français.

Sa poésie, en vers libres, est d'une remarquable concision : les poèmes très brefs (de quatre à dix vers maximum), à peine plus longs que des haïkus japonais, montrent un sens extraordinaire de la formule, plus encore, peut-être, que de la métaphore. Ils sont souvent violents, ténébreux, et révèlent une personnalité rebelle et désespérée.

Elle-même se compare tantôt à une louve, tantôt à une lionne : *Attention*, écrit-elle, *Je ne suis pas apprivoisée*... Elle écrit : *Des loups vivent en moi / Hurlant dans les plaines enneigées / Crèveront-ils / Ou les égorgerai-je ?* et *La nuit, je suis une louve errante / J'effraie la petite fille / Que j'étais.*

C'est une femme en colère qui s'exprime, une femme en colère contre l'Église et la religion, contre Dieu lui-même (*Morte depuis longtemps / Je porte des blasphèmes / En collier / Autour de mon cou*), en colère contre la bonne société (*Dans chaque pain / Je cherche une lime / Pour scier les barreaux / D'une société / Qui m'emprisonne*), en colère contre l'humanité tout entière, cette humanité si peu « humaine » : *Notre terre / Serait-elle le purgatoire d'une autre planète ?* ou encore *Autrefois l'homme avait peur / De l'avenir / Aujourd'hui l'avenir a peur de l'homme*...

La colère d'Anise Koltz ne trouve même pas d'apaisement dans l'écriture : *Chaque poème est une descente aux enfers*, avoue-t-elle. Elle dit aussi : *Parfois je ramasse / Un poème blessé / Qui meurt / Entre mes mains* (...).

La seule douceur qu'elle semble avoir connue est celle de l'amour, avec René Koltz, un médecin luxembourgeois, ancien résistant torturé par les nazis, qu'elle épousa quelques années après la guerre. Mais elle n'avait que

quarante-cinq ans lorsqu'il mourut, après une maladie due aux tortures subies. Comme plusieurs autres poétesses précocement veuves, elle semble ne s'être jamais remise de ce deuil : la violence du monde l'avait rattrapée.
Dans ses poèmes, l'amour n'est certes pas le premier sujet : il vient après ses réflexions sur la triste existence humaine, le silence (l'absence ?) de Dieu, ou sur l'inspiration poétique. Mais elle chante l'amour comme personne, car ce qu'elle chante c'est surtout l'amour pour un homme qui n'est plus et dont elle aspire à épouser le fantôme : *Je ressuscite R. constamment*, écrit-elle, *et l'emporte dans mes périples autour du monde.*
Tôt reconnue comme un grand écrivain par ses compatriotes luxembourgeois, et couronnée par le prix de littérature francophone Jean-Arp, Anise Koltz a reçu en France le prix Blaise-Cendrars et le prix Apollinaire. Elle a crée au Luxembourg, du vivant de son mari, des rencontres biennales de littérature, qu'elle a continué d'animer seule. Elle est enfin l'une des deux seules poétesses publiées, de leur vivant, dans la fameuse collection « Poésie-Gallimard ».
Malgré ces flatteuses consécrations, elle est loin d'avoir atteint la notoriété qu'elle mérite.

Liliane Wouters

(1930-2016)

L'aloès

(extraits)

Au bout de l'amour il y a l'amour
Au bout du désir il n'y a rien.
L'amour n'a ni commencement ni fin.
Il ne naît pas, il ressuscite.
Il ne rencontre pas, il reconnaît.
Il se réveille comme après un songe
Dont la mémoire aurait perdu les clefs.
Il se réveille les yeux clairs
Et prêt à vivre sa journée.
Mais le désir insomniaque meurt à l'aube
Après avoir lutté toute la nuit.

Parfois l'amour et le désir dorment ensemble
Et ces nuits-là on voit la lune et le soleil.

§

Qu'un palmier sorte de ta bouche :
J'y chercherai mon ombre.
Qu'une rivière coule entre tes seins :
J'y lirai mon visage.

Qu'une vallée apprenne à vivre dans ton ventre :
J'y creuserai mon lit.

§

J'étais plus pauvre que la nuit,
Plus taciturne qu'un monarque à la fenêtre,
Plus solitaire qu'un stylite.

Je n'avais plus au creux des mains
Que la poussière de ma vie.

Tu es venue, les pierres ont crié,
Les ruines ont levé la tête,
La braise dans mon sang s'est rallumée,
La vie a repris son cours,
L'ombre a donné naissance.

Tous les chemins conduisent jusqu'à toi.

§

Assez de chants, Liliane. La promesse
Du jour, au soir n'a pas tenu ses fruits.
Ceux qui feront mémoire, dans leurs messes,
De ton labeur l'ignorent aujourd'hui.

Oui, j'arrivai sur terre les mains nues.
Je pars plus pauvre encore, perdant mes biens,
Perdant mon corps, soufflée en la cornue
Du temps cruel qui ne respecte rien.

David est dans le marbre, Dupont taille
Une date et deux noms au cœur du bois.
Baudouin a son profil sur des médailles.
Je n'ai qu'un cri pour témoigner de moi.

Poétesse belge, très attachée à sa région natale de la Flandre, Liliane Wouters commença à publier en 1954. Née dans une famille modeste, où les livres n'étaient guère présents (*J'étais poète et nul ne le savait, même pas moi*), élevée dans *le rude jardin des calvinistes*, on fit d'abord d'elle une institutrice *au milieu des champs de houblon*. Mais peu à peu, ayant découvert sa vocation, elle publia (chez des éditeurs belges et, à Paris, chez Gallimard et Seghers) une vingtaine de recueils, outre plusieurs pièces de théâtre. Reconnue par ses pairs (elle fut élue membre de l'Académie royale de Belgique) et lauréate du Goncourt de la Poésie 2000, puis du prestigieux prix Apollinaire en 2015 pour l'ensemble de son œuvre, Liliane Wouters, timide, discrète, n'atteignit cependant jamais le grand public. Elle en conçut, dans les derniers temps de sa vie, un peu d'amertume, que traduit notamment le poème « Assez de chants, Liliane ».
Restée célibataire, elle vécut, sinon dans la misère, du moins dans la gêne, la poésie nourrissant rarement le poète… Ses poèmes chantent tantôt des amours masculines, tantôt des amours féminines, mais sa grande douleur fut de n'avoir pas d'enfant. Douleur qu'elle traduisit, comme les poètes du XVIe et du XVIIe siècle, dans un très beau « Testament » :

À l'enfant que je n'ai pas eu (…)
À l'enfant dont je porte en moi les initiales (…)
enfant conçu, toujours inachevé
qu'on me fait, que je fais à chaque fois que j'aime,
qui se défait en moi pour donner un poème (…)
À l'enfant qui ne viendra pas
clore mes yeux, choisir l'ultime drap
À cet enfant je lègue devant Dieu (…)
l'argent qui m'est entre les doigts filé (…)
le coin de ciel que j'ai scruté en vain (…)
les jours passés que je n'ai pas vécus,
les jours vécus près desquels suis passée,
le temps mortel à qui j'ai survécu,
l'heure éternelle et pourtant effacée (…)
l'amour jeté dont j'ignorais le prix,
l'amour donné à qui ne sut le rendre,
l'amour offert qu'aussitôt je repris,
L'amour perdu qu'on voit dehors attendre (…)

De solides compagnonnages littéraires bruxellois et parisiens (notamment avec Alain Bosquet) et une longue amitié tendre vinrent heureusement adoucir un peu la fin de cette vie sans éclat : *Entre naître et mourir, un temps pour vivre, / quelques heures, quelques saisons. / De quel poids pèseront nos jours ?*

Barbara
(1930-1997)

Il pleut sur Nantes

Il pleut sur Nantes
Donne-moi la main
Le ciel de Nantes
Rend mon cœur chagrin

Un matin comme celui-là
Il y a juste un an déjà
La ville avait ce teint blafard
Lorsque je sortis de la gare
Nantes m'était encore inconnue
Je n'y étais jamais venue
Il avait fallu ce message
Pour que je fasse le voyage :

« Madame soyez au rendez-vous
Vingt-cinq rue de la Grange-au-Loup
Faites vite, il y a peu d'espoir
Il a demandé à vous voir. »

À l'heure de sa dernière heure
Après bien des années d'errance
Il me revenait en plein cœur
Son cri déchirait le silence

Depuis qu'il s'en était allé
Longtemps je l'avais espéré
Ce vagabond, ce disparu
Voilà qu'il m'était revenu

Vingt-cinq rue de la Grange-au-Loup
Je me souviens du rendez-vous
Et j'ai gravé dans ma mémoire
Cette chambre au fond d'un couloir

Assis près d'une cheminée
J'ai vu quatre hommes se lever
La lumière était froide et blanche
Ils portaient l'habit du dimanche
Je n'ai pas posé de questions
À ces étranges compagnons
J'ai rien dit, mais à leurs regards
J'ai compris qu'il était trop tard

Pourtant j'étais au rendez-vous
Vingt-cinq rue de la Grange-au-Loup
Mais il ne m'a jamais revue
Il avait déjà disparu

Voilà, tu la connais l'histoire
Il était revenu un soir
Et ce fut son dernier voyage
Et ce fut son dernier rivage
Il voulait avant de mourir
Se réchauffer à mon sourire

Mais il mourut à la nuit même
Sans un adieu, sans un « je t'aime »

Au chemin qui longe la mer
Couché dans le jardin des pierres
Je veux que tranquille il repose
Je l'ai couché dessous les roses
Mon père, mon père

Il pleut sur Nantes
Et je me souviens
Le ciel de Nantes
Rend mon cœur chagrin

Monique Serf, dite « Barbara », fut non seulement une grande dame de la chanson française, mais une poétesse plus rigoureuse que ne le furent, à la même époque, deux autres poètes populaires et talentueux : Brel et Brassens. Car Brel et Brassens écrivent une poésie uniquement destinée à être chantée et entendue : ils usent (et parfois abusent) de l'élision pour ramener leurs phrases à la bonne longueur, sacrifient les articles ou les négations, abusent des « e » muets – bref, à la lecture et sans musique, leurs poèmes tressautent, brinquebalent et tanguent (c'est davantage vrai, bien sûr, de Brel que de Brassens, plus « orthodoxe » et littérairement plus doué). En tout cas, rien de pareil chez Barbara, ou rarement (on peut juste regretter la malencontreuse suppression d'une négation dans « Il pleut sur Nantes »). Son écriture reste généralement classique. Elle construit ses vers sur une métrique régulière : des octosyllabes pour « Il pleut sur Nantes », qu'elle n'abandonne que dans la première et la dernière strophe de la chanson afin de leur substituer des vers de cinq pieds. Tous ses vers riment, de manière certes plus libre qu'au XIXe siècle, mais ils riment ou sont, au moins, assonants. Quant à la diction, rien n'est abusivement élidé et les « e » sont prononcés là où, selon les règles, ils doivent l'être. C'est pourquoi je crois Barbara digne de figurer dans une anthologie de la poésie féminine. Mais la chanson « Il pleut sur Nantes » relève-t-elle de la poésie amoureuse ? Il s'agit ici de la mort solitaire de son père, mais d'un père qui fut sans doute, comme elle le laissa plus tard entendre, son premier amant, amant de honte et d'effroi. Dans ses *Mémoires*, en effet, Barbara raconte qu'entre dix et dix-neuf ans elle eut à subir régulièrement, de la part de ce père, des gestes déplacés – elle n'écrit jamais, noir sur blanc, le mot « viol ». Ce père incestueux quitta définitivement le foyer familial avant qu'elle n'eût atteint sa majorité. Elle n'en eut plus aucune nouvelle jusqu'à ce qu'elle apprît en décembre 1959 (elle avait alors vingt-neuf ans) qu'après des années de vagabondage et une lente déchéance, il était gravement malade à Nantes et la faisait demander à son chevet. Elle espérait sans doute qu'il se repentirait, elle espérait aussi qu'elle lui pardonnerait, mais elle ne saurait jamais si elle en aurait eu la force : le temps pour elle d'aller à Nantes, son père était déjà mort et ce fut à la morgue (et non *Vingt-cinq rue de la Grange-au-Loup*) qu'elle retrouva son corps. Quatre ans plus tard, en 1963, elle écrivit « Il pleut sur Nantes », où rien n'est dit, où tout est suggéré. C'est cette même année qu'à dix-sept ans, j'entendis Barbara interpréter cette chanson dans une petite fête d'étudiants. Je ne connaissais même pas son nom – elle n'avait encore enregistré qu'un ou deux disques et ne se produisait pas sur les grandes scènes, le succès et la notoriété viendraient un peu plus tard, avec, précisément, « Il pleut sur Nantes » et « Dis, quand reviendras-tu ? ». Mais je me souviens encore de cette étrange et maigre dame en noir qui s'accompagnait elle-même au piano, je me rappelle sa voix fragile et troublante, et la poésie timide, tremblée, qui émanait de cette obscure histoire de rendez-vous manqué. Je fus, ce soir-là, si émue par la chanteuse et sa chanson, si bouleversée physiquement, presque amoureusement, que je me dis, non pas « moi aussi je suis peintre » ni « moi aussi je serai chanteuse », mais « moi aussi, un jour, je toucherai les gens par des mots comme elle m'a touchée ». Et je pris ainsi conscience, de manière certaine, définitive, irrémédiable, que, quel que fût le métier auquel me mèneraient les études que je venais d'entreprendre, j'abandonnerais tout, un jour, pour écrire.

Denise Jallais
(née en 1931)

Les couleurs de la mer
(extrait)

L'hiver est comme une orange ouverte
Et je suis assise au fond de l'hiver (...)
Mon corps dans tes yeux
Allume de petits poignards verts
Tu aimes mes cheveux et mes jambes
Mon cœur et ma bouche
Mais moi je n'aime plus t'aimer.

§

Pour mon enfant frais

Comme une petite pêche mûre
Tu vas tomber dans ma vie
Et je te cueillerai avec soin
Pour garder longtemps
Ton odeur de fruit
Et ta peau d'aurore

Tu dormiras
Tes cils sur ta joue
Comme de l'herbe marine
Et je te regarderai
Étonnée d'être à la fois
L'arbre
Et la terre

(…) Tu es assis sur la nappe
Tu me regardes manger
Un bol d'avoine
Et ta main voudrait la cuiller
Et ton autre main goûter mes cheveux

Ta brassière est presque sale
Tes yeux ont des cils bleus
Et tes pieds sont aussi frais
Qu'un dessert de pommes (…)

§

Berceuse pour mon enfant mort

Il ne faut pas avoir peur du noir
Ni des vers
D'ailleurs
Tu pourras jouer avec la pluie
Et regarder l'herbe pousser

Il ne faut pas mettre de terre dans ta bouche
Et rester sage à m'attendre
D'ailleurs
On t'a donné des fleurs
Pour te consoler d'être petit
Et mort.

Denise Jallais, qui fut pendant vingt ans journaliste à *Elle*, commença à publier, dès 1952, romans et poèmes. Vers libres, bien sûr, mais fluides et musicaux. Ses thèmes de prédilection ? Parfois la vie amoureuse (*Quand tu me haches le cœur / J'ai si mal / Que je pourrais sans rien sentir / Courir jusqu'à la mer / Et mourir tranquille / Comme un coquillage*), mais, le plus souvent, la campagne, les saisons, les paysages de l'âme, la vie quotidienne… et les enfants. Denise Jallais en eut quatre, elle en perdit un ; ce petit mort lui inspira des vers cruels et sublimes. C'est, en tout cas, à cause de sa « Berceuse pour un enfant mort », si âpre et pourtant si retenue, qu'elle me semble mériter sa place dans une anthologie de la poésie féminine.

Vénus Khoury-Ghata

(née en 1937)

Jeux amoureux :

Un lieu d'eau sous la voûte

(...) Tu œuvres en chambre passagère
Bagué de miel à la racine
Le chemin vertical pleure sous ton pas d'arpenteur

Force l'anneau obscur
Va plus loin dans la citerne
Fais surgir l'eau dure
Celle qui arque le cri
Romps l'écume
Sonde la profondeur du puits

Bois à genoux l'eau de l'indigène

Écarte les berges
Repousse les algues et les crêtes
Assiste muet à la levée des eaux

Mords son cri à la racine
Viole l'espace circulaire

Vénus Khoury-Ghata

Vole le sang circulaire
Qui inonde la citerne à chaque appel de lune

Laisse la femme pleurer son humidité jusqu'au pied
du jour
(…) Referme son corps dégrafé
Laisse-la s'éloigner de toi dans son nu

§

La mort de l'homme aimé :

Un faux pas du soleil,
Monologue du mort,
Les ombres et leurs cris

(extraits)

Il ne sait plus gérer sa trace
ni faire crier son ombre sous ses pas
les mots se dérobent à son approche
le sol bascule sous sa lampe
et sa peau suspendue aux terrasses navigue entre
linge et couchant.

Il ne sait plus errer dans sa voix (…)
il se terre dans son gosier

fait le mort pour ne pas se blesser aux parois du jour
pour ne pas frôler ce glas venu à pied sur une seule
note.

§

Calmer dit-elle ses objets pris d'angoisse
redresser ses livres qui rampent sur leur ventre
essuyer la sueur de ses pages et de ses murs (...)
attacher ses crayons tendus vers le regard de la lampe
plier les chiffres de sa montre arrêtés sur un cri
museler ce rire qui n'a pas fini de s'étrangler.

Un manège qui tourne à vide
c'est tout ce qui reste de lui.

§

Qui a dit qu'il était mort ? (...)
Qui parle d'enterrement ?

§

Le premier jour après sa mort
elle plia ses miroirs
mit une housse sur la toile d'araignée
puis ligota le lit qui battait des ailes prêt à s'évader.

Le deuxième jour après sa mort
elle remplit ses poches de copeaux de bois
jeta du sel par-dessus l'épaule de sa maison
et s'en alla un arbre sous chaque bras.

Le troisième jour
elle injuria les pigeons alignés sur ses larmes
croqua un raisin qui éparpilla son duvet dans sa gorge
puis appela jusqu'au couchant l'homme parti en
transhumance
pieds nus sur les alpages nuageux.

(…) Le cinquième jour
des semelles de sang s'imprimèrent sur son seuil
elle les suivit jusqu'à cette fosse où les choses ont
une odeur de lièvre désossé…

§

Il se plaint des ronces qui s'étreignent sur son seuil
de l'air osseux qui obstrue ses ouvertures
du désert qui s'installe dans sa poitrine en temps de
sécheresse.
remplissant sa cage d'une herbe grise (…)
quand le jour élague ses lignes superflues
il y a ce mort à sa lucarne
qui regarde une tombe piétiner les ossements d'un
coquelicot.

§

Certains morts
s'installent à la lisière du visible
entre chien et loup
entre lune et aboiement.

Ils se plaignent de la multiplicité des tiroirs dans la
terre
rangés par ordre d'oubli des occupants (…).

Séparés par leur silence
ils guettent les glissements de terrain sur leur porte
la peur fait partie de leurs quatre éléments.

Ne les interrogez pas (…)
les mots pourrissent sur leur langue
depuis que le cœur s'est évaporé.

§

Les obscurcis
(extraits)

Les obscurcis dit-on reviennent sur l'envers des chemins
déplacent des objets familiers
tirent des tables
empilent des chaises
secouent le contenu des miroirs
puis traversent dans un cri les maisons qu'ils habitèrent
et celles qui les habitent

§

Ils flottent à la surface de la mémoire
s'infiltrent dans les murs avec les lunaisons
égorgent l'eau
démantèlent les pendules (...)

Ils enjambent les toits
plient les poutres
réveillent les enfants lovés dans leurs cils
pour leur faire écouter le bruit de leurs phalanges

Ils mangent la chair du jujubier
ligotent les bras du cyprès
et le convertissent en cierge.

Ils volent dans l'air des cimetières
renversent les sépultures
vident leur contenu dans les caniveaux (...)

Nous vivons debout sur leur silence
dressés sur leur ombre rectiligne
nous les piétinons de jour
ils nous arpentent de nuit

Ils débroussaillent l'envers des plaines
râpent le chanvre des coteaux
lapent le surplus des étangs
puis s'en vont ivres de notre liqueur.

(...) Ils dilatent jusqu'aux sources
s'installent dans les huches et les cloches
enfourchent midi du côté immobile de l'horloge.

Ils possèdent la planète en profondeur.

Vénus Khoury-Ghata

La guerre civile :

Orties

(...) La colère du soleil renversait le pays
des hommes venus du côté sourd du fleuve cognaient
aux frontières (...)

Ils arrivèrent tous les soirs de toutes les années (...)
la mère compatissait
leurs langues épaissies par le sel de la mer Morte
leurs gorges emplies du vent de la Galilée
ils creusèrent leurs tranchées dans nos chambres
allongèrent leurs fusils entre nos draps
squattèrent nos trottoirs à longueur d'homme
à longueur de honte (...)
Cachez la maison derrière la maison !
enterrez la terre dans la terre !
les étrangers emporteront les murs comme fagots de
bois au dos de leurs mulets !

(...) La mère ne savait pas compter,
elle les prit pour des chats alors qu'ils étaient
des guerriers. (...)

§

Vénus Khoury-Ghata

Les mères et la Méditerranée
(extraits)

La fille dans son viseur avait marché sur son ombre
la déflagration écartèle robe et poitrine
le franc-tireur suivra son enterrement de son toit
trois salves tirées pour sa mise en terre (…)

Demain
Le franc-tireur cassera sa kalachnikov sur son genou
comme une paille
Demain
il échangera sa vie contre un plat de lentilles au cumin
et une rasade de raki

§

Seuls survivent les êtres à plumes disaient les mères
qui tricotaient des ailes aux enfants
puis les poussaient par-dessus les balustrades
vole mon enfant
mon amour
yeux de mes yeux (…)
vole à l'intérieur du soleil
tu deviendras colibri à dix ans
épervier rouge craint par la tempête
vole l'air le sang et tu deviendras franc-tireur

§

Dans l'église qui a perdu son toit
On lave linge et enfants dans le baptistère (…)
les jours de la Méditerranée sont comptés
Vidée de son eau
elle est entassement de carcasses et d'arêtes
Les marins cherchent son reflet dans les nuages
le franc-tireur le voit dans les yeux de sa mère qui sait
à l'odeur qu'il a tué (…)
Et elle l'habille en fille

§

Au sud du silence

parce que leurs noms étaient trop vastes pour leurs
corps d'exilés
ils se taillèrent des noms de voyage
dans le tissu rêche des chemins
des noms pliables sous la peau
des noms étroits aux yeux glissants
pour les villes qui fument leurs hauts fourneaux
pour oublier les prairies asphaltées
et l'air mis en boîte

sur les cils de la lune il y a de la poussière disent-ils
et ils cognent aux portes des corps des filles

pour retrouver une patrie

La poésie de Vénus Khoury-Ghata, écrivain libanais, n'est pas une poésie amoureuse au sens de sentimentale, tendre ou mièvre. C'est une poésie où l'amour est tragique et le style âpre.
Tragique, la mort du mari français pour lequel elle avait divorcé d'un Libanais épousé trop jeune, ce Français tant aimé qui disparut brutalement après neuf ans seulement de vie commune. Tragique, l'amour du pays natal, déchiré, écartelé, où s'affrontent les communautés, l'amour de la maison d'enfance abandonnée, qui tombe en ruine dans un petit village de la montagne libanaise, cette maison *au bord d'une route comme au bord des larmes*. Mais tragiques, l'enfance, la famille de Vénus ne l'étaient-elles pas déjà bien avant que ces épreuves ne fondissent sur elle ?
Vénus Khoury est née à Baabda dans une famille de cinq enfants. Le père avait été moine, puis devint gendarme, un père dur et même violent (*La colère du père renversait la maison / Nous nous cachions derrière les dunes pour émietter ses cris / La mère nous appelait jusqu'au couchant*, ou encore *La lucarne reflétait les humeurs du père, devenait opaque lorsqu'il rentrait les mains vides, lorsqu'il renversait la soupière et que la mère ramassant les débris accusait le vent*). La mère, qui a travaillé autrefois dans un hôpital, est une femme modeste, effacée, que ses filles qualifieront cruellement d'« illettrée en deux langues » et d'« analphabète bilingue » (elle parle un charabia mi-arabe mi-français). Toute la journée, la mère *au tablier décoloré* coud à la machine, arrache les orties et pousse le balai, *ce fidèle compagnon quitté à ras de tombe*. Elle interdit la lecture à ses filles : *Lire gaspille les mots*, et, toujours

inquiète, *coud (ses enfants) ensemble pour ne pas les disperser*.
Le village, situé dans cette région du Mont-Liban qui culmine à trois mille mètres, est coupé du monde cinq mois par an. Les décès y sont déjà plus nombreux que les naissances, et le grand divertissement pour les enfants consiste à se cacher dans les cercueils que fabrique l'oncle charpentier… La mère, affolée, tente de lire leur avenir dans le marc de café renversé sur leur assiette.
Il faut dire que cette famille sans joie a déjà perdu deux enfants et en est restée abîmée : une petite fille, d'abord, morte en bas âge (*La mère range les billes par ordre de taille et de tristesse / l'enfant jouera quand il sera moins mort*) ; et un fils, *le* Fils, dont l'intelligence semblait prometteuse (il écrivait des poèmes à douze ans et voulait être Arthur Rimbaud) mais qui, parti à dix-huit ans pour étudier à Paris, en revint deux ans plus tard détruit par la double découverte de son homosexualité et de la drogue. Pour éviter tout esclandre qui pourrait nuire au mariage ultérieur de ses filles, ou, selon ces mêmes filles, pour punir durement le « déviant », « la honte de la famille », le père le fit interner discrètement et, comme c'était alors la mode, on pratiqua sur le malheureux jeune homme une lobotomie : il fut aussitôt réduit à l'état de « légume » ; il ne quittera plus l'asile pendant dix-huit ans, et n'en sortira que pendant la guerre civile lorsque l'hôpital sera bombardé ; alors il reviendra seul au village de la montagne et mourra peu après (dans une scène imaginaire, il vient redemander à sa mère, morte entre-temps, les « poèmes écrits avant l'asile » : *Renvoyé de l'asile bombardé / il s'accroupit au pied de l'arbre / personne ne le reconnut / personne ne le chassa /*

c'était la guerre et la maison avait perdu sa porte / « Ma-man », dit-il en deux temps / il réclamait à la morte les poèmes écrits avant l'asile / alors qu'elle lui avait interdit de prononcer ce mot / ses filles lui resteraient sur les bras / personne ne les épouserait / Quelle idée de réclamer des poèmes écrits avant les bombardements / « Tu en écriras d'autres moins démodés / sans gribouillage sans ratures / à la troisième personne pour qu'on ne te reconnaisse pas. »
Ces deux malheurs, l'enfant mort et l'enfant fou, pouvaient certes avoir laissé des traces profondes sur la famille, cette vieille famille chrétienne qui, sans être pauvre, devait vivre à l'économie (*la serpillère dans une main, la dignité dans l'autre*) car tout y dépendait du salaire du père, mais on préservait les apparences : *Nous étions opulents nécessiteux / Tristes facétieux / Parcimonieux et grands seigneurs / Nous assistions à la messe un dimanche sur deux pour ne pas user nos genoux / Et ne circulions qu'en cas de grande nécessité pour ne pas embarrasser l'âne…*
Certes, dans ces récits d'enfance, il faut faire la part du rêve et de l'exagération, car la famille vit à Beyrouth la plus grande partie de l'année, et, à partir du collège, les filles y sont normalement scolarisées, la maison de la montagne étant devenue la maison de vacances. Vénus, décidée à reprendre le flambeau que son grand frère tant admiré a laissé tomber, se gorge de littérature. La brillante élève a la chance d'être en même temps d'une beauté exceptionnelle : en 1959, elle est élue Miss Beyrouth, à la grande satisfaction du père, *ogre qui voulait enterrer sous les orties le poète qui aimait les garçons.* On se hâte de la marier. On lui trouve un riche Libanais, entrepreneur de travaux publics. Elle lui donnera trois enfants

et divorcera peu après. C'est alors qu'elle épouse le français Jean Ghata, médecin biologiste, dont elle aura une fille, Yasmine, à laquelle elle dédiera des vers pleins de tendresse.
Mais c'est à ce moment qu'éclate la guerre au Liban – le Liban où vivent encore ses trois autres enfants. Pendant quinze ans, Vénus Khoury-Ghata vivra entre Paris et Beyrouth, courant des uns aux autres, et c'est au moment où elle tremble le plus pour sa famille d'Orient que son mari, en 1982, meurt brusquement à Paris. Il lui faudra longtemps pour accepter cette victoire de la mort sur tous les terrains : *Dans ma tête embrouillée, le poème devint un espace porteur de malédiction. Je me tournai vers la prose.*
Elle publie alors une dizaine de romans, tout en revenant progressivement à la poésie. Dans les milieux littéraires parisiens, Vénus, toujours élégante, toujours coquette, féminine au superlatif, passe pour une mondaine. Mais ses confrères masculins, majoritaires dans tous les jurys littéraires, sont bien obligés de lui reconnaître quelque talent : en 1980, elle reçoit le prix Apollinaire, en 1986 le prix Mallarmé (pour *Monologue du mort*), en 1995 le grand prix de la Société des gens de lettres pour l'ensemble de son œuvre, en 2009 le grand prix de poésie de l'Académie française, et en 2011 le Goncourt de la poésie pour l'ensemble de son œuvre. Difficile d'imaginer une plus ample consécration !
Pourtant, si son talent poétique crève les yeux, il n'est pas sûr que le poème soit la forme la mieux adaptée à ce qu'elle veut exprimer : elle-même avoue avoir parfois regretté le « langage allusif, rétréci, hermétique » (mallarméen ?) du poème tel qu'elle le pratique. Il est vrai

qu'il y a parfois dans sa poésie un peu de préciosité. C'est pourquoi ses poèmes, très influencés aussi par le surréalisme, restent souvent d'une lecture difficile, d'autant qu'elle ne procède pas par petites touches et poèmes courts, mais lie ses vers entre eux dans de vastes compositions ; et c'est seulement lorsqu'on a compris que chacune de ces compositions n'est elle-même qu'un élément d'un puzzle plus vaste qu'on peut enfin entrer dans l'univers si particulier de la poétesse libanaise : alors, on saisit toute l'histoire, toute son histoire, histoire moitié vécue, moitié rêvée, jamais déroulée chronologiquement ni logiquement, mais où reviennent, de loin en loin, les mêmes métaphores, les mêmes vers, les mêmes angoisses, les mêmes mots. Ses romans peuvent se lire un à un ; sa poésie qui, si elle rétablissait la ponctuation, tiendrait plutôt du poème en prose, doit être appréhendée d'un bloc pour être pleinement goûtée.

À la poétesse inconnue

De même que les Athéniens élevèrent autrefois un temple « Au dieu inconnu », je voudrais dédier ce livre « À la poétesse inconnue ».

Dans le lointain et le proche passé, il y en a tant que je n'ai pas trouvées, pas nommées, pas lues – poétesses trop discrètes, trop vite oubliées, et dont le chant pourtant m'aurait touchée.

Et maintenant que, faute de « marché », on ne trouve presque plus personne pour éditer de la poésie, l'œuvre de la plupart de celles qui écrivent encore, autoéditée ou parue chez de minuscules éditeurs, est introuvable en librairie et n'est plus lue que de leurs amis.

Parmi celles-là – les mortes disparues des mémoires et les vivantes ignorées du public –, l'une au moins, j'en suis sûre, me paraîtrait plus grande que tous ceux qui l'ont suivie ou précédée. C'est à cette femme méconnue, dont je partage la passion des mots, que je fais hommage aujourd'hui de cette modeste anthologie.

Index des poétesses

Remerciements

Barbara, « Nantes », © Éditions Métropolitaines.

Marguerite Burnat-Provins, *Le Livre pour toi*, *Cantique d'été,* © Éditions de La Différence.

Andrée Chedid, « L'enfant est mort », dans *Poèmes pour un texte,* © Flammarion, 1970-1991.

Juliette Darle, « Je t'aime », « Vivre », « Enfermée dans tes bras », © Éditions Caractères.

Juliette Darle, « Le tombeau du troubadour », © Éditions André Silvaire.

Juliette Darle, « Rencontre », « Nous voici pris de vertige », © Juliette Darle.

Yanette Delétang-Tardif, « Huitième chant royal », « Sonnet », « Septième chant royal », « Tristesse », dans *Chants royaux,* © Éditions Seghers, 1956.

Anne Hébert, « Il y a certainement quelqu'un », dans *Poèmes,* © Éditions du Seuil, « Poésie », 1948 puis 1960.

Anne Hébert, « Neige », dans *Poèmes,* © Éditions du Seuil, « Poésie », 1948.

Denise Jallais, « Les couleurs de la mer », « Pour mon enfant frais », « Berceuse pour mon enfant mort », © Éditions Seghers.

Vénus Khoury-Ghata, « Un faux pas du soleil », « Monologue du mort », « Les obscurcis », « Orties »,

« Les mères et la Méditerranée », « Au sud du silence », dans *Anthologie personnelle,* © Actes Sud, 1997.

Vénus Khoury-Ghata, « Un lieu d'eau sous la voûte », *L'Amour chez les Mayas*, © Vénus Khoury-Ghata.

Anise Koltz, « Lorsque mon amour est né », © Éditions Phi-Polygraphic.

Marie Noël, « La Morte et ses mains tristes », dans *Chants d'arrière-saison,* © Éditions Bartillat.

Marie Noël, « Chanson », « Ronde », « Mon bien-aimé s'en fut chercher l'amour... », « Andante », « Petite chanson », « Connais-moi ! Connais-moi ! », dans *Les Chansons et les Heures,* © Éditions Gallimard.

Anne Perrier, « Lorsque la mort viendra », « Prière » (tirée du *Livre d'Ophélie*), « Le petit pré », © Éditions L'Âge d'Homme.

Louise de Vilmorin, « Adieux », « L'amour toujours attend », « Oh ! mes amours », « Amants et séducteurs », « À l'envers de ma porte », « Au-delà », « Il vole », « Le garçon de Liège », « Plus jamais », « Fleurs », « Le voyageur en noir », © Éditions Gallimard.

Liliane Wouters, *L'Aloès* (extraits), dans *Le Testament*, © Luneau Ascot Éditeurs.

Malgré nos efforts, nous n'avons pu identifier les ayants droit de certains textes. Nous les prions de bien vouloir prendre contact avec nous, afin que nous puissions combler les lacunes dont nous les prions de nous excuser.

DE LA MÊME AUTEURE

L'Allée du roi
Gallimard, 1981

LEÇONS DE TÉNÈBRES

La Sans Pareille
Éditions de Fallois, 1988

L'Archange de Vienne
Éditions de Fallois, 1989

L'Enfant aux loups
Éditions de Fallois, 1990
repris sous le titre
Leçons de ténèbres
Gallimard, « Folio », 2017

L'Enfant des lumières
Éditions de Fallois, 1995
Gallimard, 2006

La Première Épouse
Éditions de Fallois, 1998
Gallimard, 2006
et « Folio », n° 4850

Maintenon
(avec Georges Poisson)
Norma, 2001

La Chambre
Gallimard, 2002
et « Folio », n° 4026

Couleur du temps
Gallimard, 2004
et « Folio », n° 4308

La Voyageuse de nuit
Gallimard, 2007
et « Folio », n° 4751

L'Allée du roi
Monologue pour le théâtre
(avec Jean-Claude Idée)
Gallimard, 2007

Liberté pour l'histoire
CNRS Éditions, 2008

La Reine oubliée

Les Enfants d'Alexandrie
Albin Michel, 2011
et « Le Livre de poche », n° 33147

Les Dames de Rome
Albin Michel, 2012
et « Le Livre de poche », n° 33148

L'homme de Césarée
Albin Michel, 2021

Le jardin de cendres
Albin Michel, 2022

Vie de Jude, frère de Jésus
Albin Michel, 2015
et « Le Livre de poche », n° 34476

Les Éditions Points s'engagent pour la protection de l'environnement et une production française responsable

Ce livre a été imprimé en France, sur un papier certifié issu de forêts gérées durablement, chez un imprimeur labellisé Imprim'Vert, marque créée en partenariat avec l'Agence de l'Eau, l'ADEME (Agence de l'Environnement et de la Maîtrise de l'Énergie) et l'UNIC (Union Nationale de l'Imprimerie et de la Communication).

La marque Imprim'Vert apporte trois garanties essentielles :

- La suppression totale de l'utilisation de produits toxiques
- La sécurisation des stockages de produits et de déchets dangereux
- La collecte et le traitement de produits dangereux

RÉALISATION : NORD COMPO À VILLENEUVE-D'ASCQ
IMPRESSION : NORMANDIE ROTO IMPRESSION S.A.S.
DÉPÔT LÉGAL : OCTOBRE 2022. N° 151784-4 (2402143)
IMPRIMÉ EN FRANCE